伊索寓言

内蒙古少年儿童出版社

前　言

　　善良可爱的小精灵，美丽温婉的公主……这些充满想象力的故事，总是带给孩子几多欢乐几多忧虑，陶冶着孩子的性情，使孩子从小就受到良好的教育和美的启迪。现代教育倡导儿童主动参与、乐于探究、勤于动手，培养儿童搜集和处理信息的能力、分析和解决问题的能力以及交流与合作的能力。

　　我们以此为目标，在精心准备过程中以一个大朋友的心态去了解孩子，依据儿童身心发展的特点和教育规律，坚持保教结合和以游戏为基本活动的原则，从众多流传故事当中，挑选编制了最适宜儿童阅读的一系列优秀童话。引导儿童学会发挥主观能动性，从故事当中学会对善恶美丑的分辩，为儿童以后的道德观念和思想方向成型打下良好的基础。

　　本系列丛书配有注音和彩色插图，并在每个故事的后面附有难度适宜的动脑筋，追求以寓教于乐的方式加深儿童对故事的记忆，开发儿童的智力。这是一本适合于新世纪儿童健康成长，符合现代教育方向的好书！希望它能够成为儿童成长的好伙伴，家长得力的教育助手！

目录

ài chàng gē de yè yīng
爱唱歌的夜莺

原著:[古希腊]伊索

改编:于文

yǒu yī zhī měi lì de yè yīng bèi gōng rèn wéi shì sēn lín zhōng de gē chàng jiā
有一只美丽的夜莺被公认为是森林中的歌唱家,

měi dāng tā chàng qǐ gē lái sēn lín zhōng de dòng wù men dōu bǐng zhù hū xī chū shén de
每当它唱起歌来,森林中的动物们都屏住呼吸,出神地

qīng tīng rú guǒ cǐ shí yǒu xíng rén lù guò
倾听。如果此时有行人路过,

dōu huì bèi tā de gē shēng suǒ xī yǐn
都会被它的歌声所吸引,

xǔ duō rén yīn cǐ ér mí le lù
许多人因此而迷了路。

yè yīng yīn cǐ yǒu xiē wàng hū
夜莺因此有些忘乎

suǒ yǐ le chángcháng lí kāi zì jǐ de
所以了,常常离开自己的

cháo xué dào hěn yuǎn chù chàng gē yǐ yíng dé
巢穴到很远处唱歌,以赢得

gèng duō de zhǎngshēng hé zàn měi shēng shèn zhì lián zì jǐ de shēng huó xí xìng dōu gǎi biàn
更多的掌声和赞美声,甚至连自己的生活习性都改变

le bái tiān yě jīng cháng chū lái chàng gē
了,白天也经常出来唱歌。

hū
呼
xī
吸
zàn
赞
měi
美

伊索寓言

伊索寓言

夜莺原来有一个好朋友，是一只蝙蝠。以前它们经常夜间出来活动，于是它就劝夜莺说："你白天也出来活动，万一遇到坏人，怎么办呢？"夜莺却说："你知道大家多欢迎我吗？你知道大家多喜欢我的歌声吗？我怎么能不出来为大家表演呢？你不让我出去是嫉妒我，你只配在黑漆漆的夜里出来，和我已经不是一类了，我们以后不要再来往了。"蝙蝠真心地想帮助它，但是夜莺说出如此绝情的话，蝙蝠伤心的飞走了。

从此，夜莺每个白天都出来唱歌。它的名声一天天响亮起来，许多想发财的人都想得到这只夜莺，于是寻找各种机会捕捉它。

huó   dòng
活   动

xiǎng
响

liàng
亮

终于有一天，夜莺被人捉到了，以很高的价钱卖给了城里的一位富商。在富商家中，夜莺失去了自由，被关进了笼子里，挂在窗口，供人赏玩。此时的夜莺已无心唱歌了，它开始怀念它的家乡和朋友们。

有一天晚上，夜莺唱起了悲伤的歌曲。这歌声引来了夜莺的朋友蝙蝠。蝙蝠问夜莺："你为什么夜晚唱歌呢？"夜莺回答说："我很后悔没有听你的话，在白天出来唱歌，最后被人捉住了。现在我白天不再唱歌了，只

伊索寓言

 后　 悔

 歌　 曲

3

^{zài yè wǎn chàng} ^{biān fú tīng wán shuō}
在夜晚唱。"蝙蝠听完说

^{dào} ^{nǐ yīng gāi zài bèi}
道："你应该在被

^{zhuō zhù zhī qián jiù duō jiā xiǎo}
捉住之前就多加小

^{xīn} ^{shuō wán biān fú fēi zǒu}
心。"说完，蝙蝠飞走

^{le}
了。

^{zhè gè gù shì shì shuō yīng gāi}
这个故事是说应该

^{zǎo zài wēi xiǎn lái lín zhī qián} ^{zuò hǎo chōng fèn zhǔn bèi} ^{yǐ jīng zāo yù le bú xìng}
早在危险来临之前，做好充分准备，已经遭遇了不幸，

^{ào huǐ yě méi yǒu yòng le}
懊悔也没有用了。

^{dòng nǎo jīn}
动脑筋

^{yè yīng zuì hòu bèi rén zhuō zhù le ma} ^{tā wèi shén me huì bèi rén}
夜莺最后被人捉住了吗？它为什么会被人

^{zhuō zhù}
捉住？

^{xùn liàn}
训练

^{yè yīng de gē chàng yíng dé le xǔ duō de} ^{shēng hé} ^{shēng}
夜莺的歌唱赢得了许多的--------声和--------声。

伊索寓言

ài qián de rén
爱钱的人

原著:[古希腊]伊索

改编:于文

伊索寓言

很久很久以前,在一个村子里有一个贪财如命
的大财主,专门剥削
村里的穷人。

这个财主拥有
上百亩粮田,有一座
富丽堂皇的大宅院,
里面雕梁画柱,如同人
间仙境。财主的家中只有他
和十岁的儿子,其余全都是佣人。这几
日他时常想,我拥有这么大的家业,只有我和儿子两个

tān　　cái
贪　财

yōng　yǒu
拥　有

伊索寓言

人，万一有一天佣人们偷偷拿了我的东西，我都不知道，那不是白白损失了吗。

经过思前想后，他最终决定辞掉所有的佣人，把房子卖掉，统统变换成金子埋起来，自己和儿子只住两间小房子，和平常人家一样。从这以后，财主最担心的便是墙根底下那堆金子，他每天都去挖出来看看，晚上才能入睡。他家附近住着一个农夫，精明细心，喜欢观察周围的事物。

那个贪婪财主的一切行动早就引起了他的怀疑。"不知道这个大财主又想什

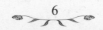

sǔn shī　jīng míng
损 失　精 明

6

me guǐ zhǔ yì le   tā xiǎng yú shì biàn àn àn gēn zōng cái zhǔ
么鬼主意了。"他想，于是便暗暗跟踪财主。

　　yī tiān   cái zhǔ yòu lái dào qiáng gēn xià   tā sì chù wàngwàng jiàn méi rén
　　一天，财主又来到墙根下。他四处望望，见没人，

jiù yòng tiě qiāo xiàng dì lǐ wā qù   wā le hǎo jiǔ   tā miàn dài xiào róng de wān xià
就用铁锹向地里挖去。挖了好久，他面带笑容地弯下

yāo pěng chū yī gè tán zi   cóng lǐ miàn ná chū yī kuài chén diàn diàn de jīn zi kàn
腰，捧出一个坛子。从里面拿出一块沉甸甸的金子看

le kàn   suí jí yòu fàng le huí qù àn yuán yàng mái hǎo   tā yǐ wéi yī qiè gàn de
了看，随即又放了回去，按原样埋好。他以为一切干得

shén bù zhī guǐ bù jué méi xiǎng dào què bèi shù hòu
神不知鬼不觉，没想到却被树后

de nóng fū kàn le gè yī qīng èr chǔ
的农夫看了个一清二楚。

nóng fū jiàn cái zhǔ zǒu
农夫见财主走

yuǎn le   jiù dào le qiáng gēn
远了，就到了墙根

xià bǎ jīn zi wā le chū lái
下把金子挖了出来

ná huí jiā   tā bǎ cūn zi lǐ pín kǔ de rén zhào jí qǐ lái bǎ cái zhǔ de jīn
拿回家。他把村子里贫苦的人召集起来，把财主的金

zi gěi fēn le
子给分了。

　　cái zhǔ dì èr tiān yòu lái wā jīn zi shí fā xiàn nà dì fāng yǐ jīng kōng le
　　财主第二天又来挖金子时发现那地方已经空了，

jiù hǎo xiàng yǒu rén tāo qù tā de xīn gān yī yàng dùn zú chuí xiōng kū de sǐ qù huó
就好像有人掏去他的心肝一样，顿足捶胸，哭得死去活

lái   yǒu rén jiàn zhuàng xiàng tā wèn qīng le yuán yóu biàn duì tā shuō bié shāng xīn
来。有人见状，向他问清了原由，便对他说："别伤心

伊索寓言

gēn　　zōng
跟　　踪

pín　　kǔ
贫　　苦

了，反正你的钱埋在地下也没用，就像埋石头一样，倒不如你拿块石头放在那儿，就当是金子，不是一样吗。"

吝啬的守财奴虽然家资累万，实则等于一文不值、况且为富而不仁更容易惹起众怒，其结果往往是终生为金钱而害人，最后也是为金钱所害。

动脑筋

最后是谁把大财主的金子偷走分给穷人了？

训练

财主有一座--------的大宅院，里面-----------。

伊索寓言

běi fēng hé tài yáng bǐ wēi lì
北风和太阳比威力

原著:[古希腊]伊索

改编:于文

伊索寓言

běi fēng hé tài yáng jiàn le miàn zǒng shì dà chǎo tè chǎo　zhēng zhí de jiāo diǎn
北风和太阳见了面总是大吵特吵。争执的焦点,

bú zài hū　shuí gèng qiáng dà　zhè
不在乎"谁更强大"这

gè méi wán méi liǎo de wèn
个没完没了的问

tí　hǎo xiàng fēi děi zhēng
题。好像非得争

chū gè shān gāo shuǐ dī
出个山高水低

bù kě
不可。

yǒu yī tiān　liǎng gè yuān jiā yòu pèng dào le yī qǐ
有一天,两个冤家又碰到了一起,

lì kè zhēng zhí qǐ lái　běi fēng shuō　wèi lǎo huǒ jì　dōng tiān gāng guò
立刻争执起来。北风说:"喂,老伙计!冬天刚过,

nǐ gāi qīn yǎn jiàn guò wǒ de qiáng dà wēi lì le bā　zhǐ yào wǒ qīng qīng chuī yī kǒu
你该亲眼见过我的强大威力了吧?只要我轻轻吹一口

jiāo　diǎn
焦　点

zhēng　zhí
争　执

伊索寓言

气，整个世界就地冻冰封，那些长着厚厚绒毛的动物都躲进洞穴不敢露面，就连最有智慧的人类，也要惧我三分。他们在冬季里走路，哪一个不是拢臂躬身，对我毕恭毕敬的，我才是最强大的呢！"

太阳说："别太狂妄了，老家伙！现在正是春天，冰雪融化，大地复苏，鸟儿欢唱，河水畅流，人们一路上欢声笑语……驱走严冬的，正是威力无比的我！"说着，他拍了拍胸脯。

于是，一场无休止的争论开场了。转瞬间，一个青筋暴跳，一个面红耳赤。这时，远远地走来一个行人，太阳说："老鬼！现在有一个

zhì
智

huì
慧

zhēng
争

lùn
论

机会，你有胆量，就和我比一比，
谁若把这个行人的衣服剥下来，
谁就最有威力。你敢比吗？"

北风胸有成竹地说："老

蔫头！你可不要反悔，咱们就比

这个！"经过抽签，北风先施展威

力，它用凛冽的寒风透骨刺髓地

吹向行人，一阵紧似一阵。开始，行人把没系好的纽

扣一个个系严，紧接着，又把衣领翻立起来，裹住脖子。

最后，行人把衣服裹得紧紧地，

蹦蹦跳跳地跑起来了。

太阳洋洋得意地说："现

在，我给你露一手，你在一

旁好好学吧！"北风不服气，

但是他已经精疲力尽，无计

伊索寓言

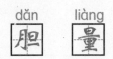
胆 量

得 意

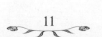

伊索寓言

可施了。太阳露出了笑脸，把炽热
的阳光撒向大地。过了一会儿，
行人驻足喘息，又一会儿，他把
衣襟敞开了，到后来，他干脆
脱下外衣，搭在肘弯。

北风服输了，躲到世界的
另一头称王称霸去了。这故事告诉我们：说服胜于压
服，事实胜于雄辩。

动脑筋

北风和太阳的比赛最后谁取得了胜利？

训 练

春天，--------- 融化，--------- 复苏，--------- 欢唱，--
----------- 畅流。

天天都有好知识

沉船落难的人和海

原著：[古希腊]伊索

改编：于文

伊索寓言

有一位不曾接触过海的人，因为要到远方运河办些事情，便登上了一艘船。

天气格外好，蓝天上飘着白云，湛蓝的海水波浪不兴，船十分平稳地航行着。这个人十分高兴。他站在船的甲板上，看看天，望望海，举起手与从远处飞来的海鸥打招呼：

事 情　湛 蓝

13

伊索寓言

"喂,海鸥,你整天在海上飞翔,一定知道许多有关海的故事吧。"

海鸥看到他是个陌生人,知道他不常在海上航行,便对他说:"在海上航行要时刻当心,有时海会翻脸不认人。"说完,海鸥又向别处飞去了。这个人想想海鸥的

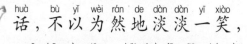

话,不以为然地淡淡一笑,心中暗想:海会翻脸不认人,到那时会是什么样子?

船在海上静静地航行,人们的心情也格外平静。但是,他们哪里知道,不幸在悄悄地靠拢。天黑下来

mò shēng　　hǎi ōu
陌　生　　海　鸥

时，海上掀起了大风暴。

风将海水吹成了一座

座小山，猛地朝船

压下去。

一次，

两次，三

次，在巨

大海浪的重压下，船开始散架了，船板一块块地漂在海

上。那位乘船人被海水灌得马上失去了知觉，不知过

了多少时间，最后被海水

送到了岸上。

当朝阳从海上

再次升起的时候，那

个人从朦胧中醒来。船

不见了，船上的同伴也不见

伊索寓言

zhī　　jué
知　　觉

zhāo　　yáng
朝　　阳

伊索寓言

了，他仿佛做了一场恶梦，但一切都是真的，什么都没有了。他翻身坐起来，又看到了大海。

此时的海又恢复了平静，在朝阳下，柔波万顷，一派静谧，海鸥不时探下身去亲吻海面……看到这一切，他立即愤怒了，大声地责备起海来："喂，大海，你为什么又装出了温和的样子，是又在诱惑人吧？当你将人引到海上后，就马上翻脸，变得残暴，将一切都毁掉。"他的话音刚落，大海化作一个女

jìng mì 静 谧　　yòu huò 诱 惑

16

人对他说："朋友，你不该责备我，而应该责备风，我本来是你现在看到的样子，是风使我掀起巨浪，变得残暴。"

因此，做坏事的人如果是受别人唆使，我们就不应仅责备做坏事的人，而更主要的是应该责备唆使他干坏事的人。

动脑筋

坐船的人落进海中被淹死了吗？

训练

蓝天上飘着--------云，--------的海水波浪不兴。

伊索寓言

chuán zhǔ yǔ chuán fū
船主与船夫

原著:[古希腊]伊索

改编:于文

伊索寓言

yī gè yǒu qián rén zhāo mù le shí jǐ míng chuán fū zhǔn bèi dào
一个有钱人招募了十几名船夫，准备到

shēn hǎi bǔ yú qí zhōng yī míng chuán fū jīng yàn shí fēn fēng fù
深海捕鱼。其中一名船夫经验十分丰富。

zhè yī tiān chuán zhǔ dài lǐng chuán fū chě qǐ fēng fān xiàng
这一天，船主带领船夫扯起风帆，向

shēn hǎi shǐ qù tā men shùn fēng yuǎn
深海驶去。他们顺风远

háng jīng guò yī tiān yī yè
航，经过一天一夜，

lái dào le shēn hǎi hǎi
来到了深海。海

fēng tū rán tíng le fān chuán
风突然停了，帆船

yī dòng bú dòng de tíng xià lái
一动不动地停下来。

jīng yàn fēng fù de chuán fū jīng qí de fā xiàn
经验丰富的船夫惊奇地发现

hǎi shuǐ yóu lán biàn lǜ yóu lǜ biàn chéng le mò sè jīng yàn gào sù tā zhè shì bào
海水由蓝变绿，由绿变成了墨色。经验告诉他，这是暴

zhāo mù
招募

jīng yàn
经验

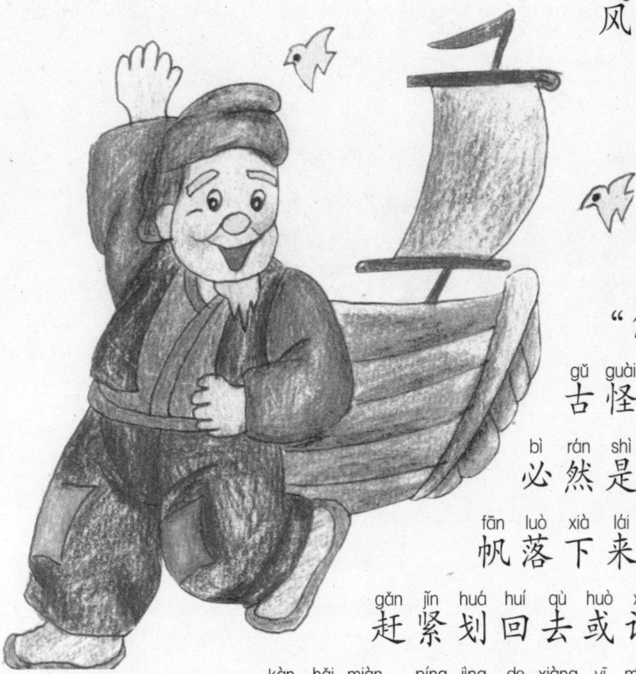

fēng zhòu yǔ dào lái zhī qián de yù
风骤雨到来之前的预
zhào kǒng jù zhào zhù le tā
兆，恐惧罩住了他
de quán shēn
的全身。
chuán fū duì chuán zhǔ shuō
船夫对船主说：
nín bù jué de qì hòu yǒu diǎn
“您不觉得气候有点
gǔ guài me fēng píng làng jìng zhī hòu
古怪么？风平浪静之后
bì rán shì bào fēng dà yǔ yīng gāi jiāng
必然是暴风大雨。应该将
fān luò xià lái kǎn duàn wéi gān wǒ men
帆落下来，砍断桅杆，我们
gǎn jǐn huá huí qù huò xǔ lái dé jí chuán zhǔ kàn
赶紧划回去或许来得及。”船主看
kàn hǎi miàn píng jìng de xiàng yī miàn jìng zi tā háng hǎi qī
看海面，平静得像一面镜子，他航海七、
bā nián què shí méi jiàn guò rú cǐ píng jìng de hǎi miàn tā wèn chuán fū nǐ gǎn duàn
八年确实没见过如此平静的海面。他问船夫：“你敢断
dìng bào fēng yǔ huì hěn kuài jiàng lín me tiān shàng shì zhàn lán de lián yī xiǎo duǒ wū
定，暴风雨会很快降临么？天上是湛蓝的，连一小朵乌
yún dōu méi yǒu yǔ cóng nǎ ér lái chuán fū fēi cháng yán sù de shuō wǒ shì
云都没有，雨从哪儿来？”船夫非常严肃地说：“我是
yī míng shuǐ shǒu shuǐ shǒu zài hǎi shàng shì zuì chéng shí de rén nǐ jiàn guò duì tiān qì
一名水手，水手在海上是最诚实的人。你见过对天气
hú shuō bā dào de shuǐ shǒu ma bié xīn téng fān hé wéi gān bào fēng yǔ lái le nǐ
胡说八道的水手吗？别心疼帆和桅杆，暴风雨来了，你

qì hòu 气候　　yán sù 严肃

伊索寓言

连船都保不住，还在乎船帆吗？"

船主知道海上的风云变幻莫测，便忍痛下令落帆砍掉桅杆，然后将船摇回岸边。一个首次出海的水手不高兴地

说："砍了桅杆，什么时候才能摇到家呀。我看，情况不会那么坏吧。"船主很生气地说："你懂什么！大风起来，桅杆是最招风的东西。"船

主的话还没说完，天骤然暗下来，一阵强风刮过，乌云黑沉

沉地压了过来，天低得好像触手可接，海水突然躁动不安。船夫们赶忙砍断桅杆，拼命摇桨。

正在这时，一个大浪涌

情　况

突　然

20

过来，将船夫们浇了个透湿，紧接着，海风夹裹着雨点，劈头盖脸从天而降，周围一派浑沌，分不清方向。幸尔，老船夫经验丰富，在他的指挥下，人们耗尽力气，终于逃离了险境。

动脑筋

船上的人最后脱险了吗？他们逃走了吗？

训练

一阵强风刮过，乌云--------地压了下来。

伊索寓言

21

kǒu kě de gē zi
口渴的鸽子

原著:[古希腊]伊索

改编:于文

伊索寓言

yǒu zhī gē zi yī dà zǎo jiù cóng wō lǐ
有只鸽子一大早就从窝里

fēi le chū lái fēi lèi le jiù tíng xià
飞了出来,飞累了就停下

lái xiū xī yī huì ér rán hòu yòu cháo
来休息一会儿,然后又朝

yuǎn chù fēi qù tā xiǎng yào chū lái
远处飞去。它想要出来,

kàn kàn shì jiè yǒu duō dà
看看世界有多大。

dāng fēi guò xiǎo hé shí gē zi
当飞过小河时,鸽子

gǎn dào yǒu xiē kǒu kě biàn xiǎng tíng xià lái
感到有些口渴,便想停下来

hē kǒu shuǐ tā fā xiàn yǒu yī zhī hú lí zhèng shǒu zài nà lǐ
喝口水,它发现有一只狐狸正守在那里。

gē zi xiǎng tā shǒu zài nà lǐ yī dìng shì děng zhe zhuō qù hē shuǐ de xiǎo niǎo men
鸽子想,它守在那里一定是等着捉去喝水的小鸟们!

yú shì gē zi zài kōng zhōng duì hú lí shuō wèi hú lí nǐ shǒu zài xiǎo hé
于是鸽子在空中对狐狸说:"喂,狐狸,你守在小河

rán hòu
然后

fā xiàn
发现

边捉鱼吗？""是啊，
我知道鸟儿们都喜欢
吃鱼，所以我守在这
里，如果鸟儿路过这
里，我就将捉到的鱼
送给它吃。"鸽子半信

半疑，将身子朝下伏了伏，想看看到底狐狸的身边有没
有鱼。狐狸以为鸽子上当了，便迫不及待地要去捉鸽

子，当鸽子向下伏时，
就伸出爪子。鸽子
一看不好，一展翅膀
飞了起来，逃出了狐狸的魔爪。

没有喝到水，鸽子口渴的
难受。这时，它飞到一个村镇
的上空。一低头，看到一家酒

 xǐ 喜　huān 欢

 chì 翅　bǎng 膀

店的招牌上画着一口调酒用的瓦缸，它想，缸里一定装满了水。一边想着，它一边呼啦啦地猛一下飞了过去。不料一头撞到了招牌上，栽到地上。这时，恰好有一个人从酒店中出来，一伸手便将鸽子捉住了。

有些人也是如此，头脑发热，轻率从事，结果自取灭亡。

动脑筋

鸽子最后被抓了吗？它逃走了吗？

训练

鸽子--------地猛一下飞了过去。

伊索寓言

cōngmíng de guànniǎo
聪明的冠鸟

原著:[古希腊]伊索

改编:于文

一片广袤无垠的大沙漠里有一块方圆数百里的绿洲。这里有天然形成的湖泊、草地,还有一座森林。湖泊里有游鱼,水边栖息着大量水鸟,草地上有角马、豹子、狮子、大象、小兔及羊群,树林是鸟儿的世界。

水在这里十分珍贵,是一切生命的源泉。如果遇上大旱,连月不下雨,生命就逐渐萎缩,以至消失,只有倾

伊索寓言

lǜ zhōu
绿 洲

qī xī
栖 息

盆大雨才能给这里送来勃勃生机。无情的干旱时时威胁着这块绿洲。

有一年，干旱再度降临，一连3个月滴雨未下。树叶黄了、花草枯焦、大地龟裂、湖水干涸，动物们东逃西散去寻找水源，只有一只冠鸟不肯离去，它要等待幼鸟学会飞翔。幼鸟终于学会了飞翔，它们跟着母亲去寻找生命之水。冠鸟带着子女慢慢飞翔，它不敢快飞，知道它的子女体力有限。

飞到第二天，子女们渐渐体力不支，坠落死去。冠鸟大声哀鸣。一只苍鹰掠

威 胁　等 待

过，对冠鸟说："现在不是你

哭的时候，还是保存点体力

上路吧，你要飞几天才能

找到水源，再哭下去，你也

会死的。"冠鸟只好止住眼泪，

拼力飞翔。

它又飞了整整一天一夜，忽然发现大树下的一块石

头上立着一只水罐，水罐很大，比冠鸟高出两倍。冠鸟

飞到罐口，将头探进罐中，可是，不论怎样努力，都喝不

到水。它沮丧地跳下来，打算用身

体将水罐撞翻，可是试了几次，水

罐竟安如泰山，一动不动。它想：

一定要喝到水，看着水活活渴死就

太愚蠢了。这时，苍鹰也看到了水

罐，但它也没办法喝到水，苍鹰和

伊索寓言

愚 蠢

沮 丧

伊索寓言

guàn niǎo lián shǒu　　 réng rán bù néng jiāng shuǐ guàn tuī dǎo　　 cāng yīng jué de shī wàng　 pāi pāi
冠鸟联手，仍然不能将水罐推倒，苍鹰觉得失望，拍拍
chì bǎng fēi zǒu le
翅膀飞走了。

tū rán yī zhèn dà fēng jiāng suì shí guā jìn shuǐ guàn　 shuǐ huā cóng guàn kǒu jiàn chū
突然一阵大风将碎石刮进水罐，水花从罐口溅出
lái　　guàn niǎo líng jī yī dòng　　 lì jí xián lái suì shí　 yī kuài yī kuài diū rù guàn
来。冠鸟灵机一动，立即衔来碎石，一块一块丢入罐
kǒu　 shuǐ màn màn shēng shàng lái　　 guàn niǎo zhāng kāi dà zuǐ　 bǎo yǐn le yī dùn　　 tā hē
口，水慢慢升上来，冠鸟张开大嘴，饱饮了一顿。它喝
bǎo hòu　　 gāo gāo xìng xìng de lí qù le
饱后，高高兴兴地离去了。

zài kōng zhōng　 tā zì yán zì yǔ shuō　　 rèn hé shí hòu dōu bù néng jué wàng　　 ér
在空中，它自言自语说："任何时候都不能绝望，而
qiě yào jì zhù　　 zhì huì wǎng wǎng bǐ lì liàng gèng yǒu yòng
且要记住，智慧往往比力量更有用。"

dòng nǎo jīn
动脑筋

guàn niǎo hē dào shuǐ le ma　　 tā xiǎng de bàn fǎ hǎo ma
冠鸟喝到水了吗？它想的办法好吗？

xùn　　 liàn
训　练

gè yuè dī yǔ wèi xià　 shù yè　　　　 huā cǎo　　　　 dà
3个月滴雨未下，树叶--------，花草-------，大
dì　　　　 hú shuǐ
地--------，湖水--------。

代存财物的人和荷耳科斯

原著:[古希腊]伊索

改编:于文

伊索寓言

有两个人曾经是朋友,其中一个人让另一个人替他保存一批财宝。过了一段时间,当财宝的主人来取时,他却否认自己保存过。

他对朋友说:"我根本没为你保存过什么财宝,如果不是那样,我就会遇到监誓神荷耳科斯,他会惩罚发伪誓的人,把他们推下悬崖。"财宝的主人便对他

保 存

财 宝

说:"既然那样,那你就赌咒发誓吧。"这个人心里有鬼,便提心吊胆地朝郊外走去。

正准备出城时,他看见一个衣衫破旧,满面尘土的跛子也要出城,便

不屑一顾地挤了那人一下,将那人手中的帽子碰到了地上。

那人捡起帽子,用眼睛牢牢地盯着他看了一会儿。他觉得那眼光仿佛是一道闪电射进他的心里,使他浑身起了一层鸡皮疙瘩。他马上问道:"请问先

  准 备 仿 佛

生，你是谁呀？你去哪里？"那个人回答："我是监誓神荷耳科斯，要去找那些不敬神的人，严厉地惩罚他们。"

他听了，不禁浑身发抖，又问道："你这次走后，要多长时间才回到城里来呢？"荷耳科斯说："大约要隔四十年吧，但也许是三十年。"

他一听真是高兴万分，马上转身回去找财宝的主人，对他发誓说："朋友，我从没为你保存过什么财宝，如果我发的是伪

伊索寓言

fā 发　shì 誓　　gāo 高　xìng 兴

誓，就让我遇到荷耳科斯。"

他的誓刚刚发完，荷耳科斯便出现了，将他带到了悬崖上，要将他推下去。这时，他责怪荷耳科斯说："你说至少要三十年才回来，怎么现在就回来了呢？"

荷耳科斯回答说："你该知道，要是谁把我气坏了，我照例当天就回来。"这是说，惩罚不敬神的人是不讲情的。

动脑筋

荷耳科斯把不遵守誓言的人推下山崖了吗？

训 练

他看见一个衣衫--------，满面--------的跛子也要出城。

dǎn xiǎo guǐ
胆 小 鬼

原著：[古希腊]伊索

改编：于文

伊索寓言

在一个村庄里有一个叫吉列姆的胆小而又贪财的

人。有一天，吉列姆

上山砍柴，太阳偏

西时，背起砍到的一

担柴往村子走去。心想，

要是在路上能捡到点什么，

也不算白来一趟。

于是，一路上，他边

走边张望，盼着能找到什么。可是吉列姆的脖子都累酸

了，也没发现一样值得他拿的。他很懊恼，对这次出来

dǎn xiǎo
胆 小

ào nǎo
懊 恼

伊索寓言

砍柴的收获很不满意。到了山脚下，吉列姆已经不再抱什么希望了，他挺直了身子，大步向自己家走去。

走着走着，突然，吉列姆被一个东西绊了一下，摔了一个大跟头。他爬起来一看，只见一只闪闪发光的金狮子横在路的中央，他高兴极了，连忙把柴放下，仔细地观察起这只金狮子。吉列姆伸出手想要把金狮子拿起来，可是，刚伸到一半，他又把手缩了回来。他想："怎么会平白无故地放着一只金狮子呢，是不是谁有意搁在这里戏弄我？"想到这儿，吉列姆向四下

guān　chá
观　察

xì　nòng
戏　弄

34

望了望，一个人影也没有。

他又绕着金狮子转了两圈，自言自语地说："怎么办才好呢？我既爱财，又胆小，这是什么样的运气？"说到这，吉列姆来回走了几步，接着又说："是谁造出了这只金狮子？这件事可真让我为难。我既爱金子，

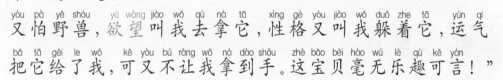

又怕野兽，欲望叫我去拿它，性格又叫我躲着它，运气把它给了我，可又不让我拿到手。这宝贝毫无乐趣可言！"

吉列姆一屁股坐在他的那担柴上，望着金狮子发呆，他转动脑筋，想着："这是怎么回事呢？现在怎么办呢？想个什么法子呢？"最后，他毅然地站了起来，坚定地说："我回去把家里人带来，他们人多，联合起来拿

伊索寓言

yù
欲

wàng
望

yì
毅

rán
然

它，我呢，就远远地观看吧。"

吉列姆背起那担柴，一路小跑奔回家。等到他把家里的人都找来时，金狮子早已不在了。

动脑筋

吉列姆把金狮子带回家了吗？他发财了吗？

训练

吉列姆把柴放下，--------地观察这只金狮子。

伊索寓言

é hé hè
鹅 和 鹤

原著：[古希腊]伊索

改编：于文

伊索寓言

dà yàn nán fēi qiū fēng xiāo sè lǜ sè de dà cǎo yuán huàn shàng le huáng sè de
大雁南飞，秋风萧瑟，绿色的大草原换上了黄色的

yī zhuāng rén men kāi shǐ zuò guò dōng de zhǔn bèi gōng zuò le
衣装。人们开始做过冬的准备工作了。

qín láo de fù rén men kāi shǐ zhuó shǒu chǔ bèi guò dōng de shí wù yǒng gǎn de
勤劳的妇人们开始着手储备过冬的食物。勇敢的

liè rén men zé káng zhe qiāng qù dǎ yě wèi bǔ chōng dōng rì suǒ xū de néng liàng zuì hǎo
猎人们则扛着枪去打野味，补充冬日所需的能量，最好

hái néng dǎ shàng jǐ zhī hú lí gěi qī ér zuò gè pī fēng dǎng dǎng fēng hán zhuō jǐ zhī
还能打上几只狐狸给妻儿做个披风，挡挡风寒，捉几只

é zuò gè rù zi
鹅，做个褥子。

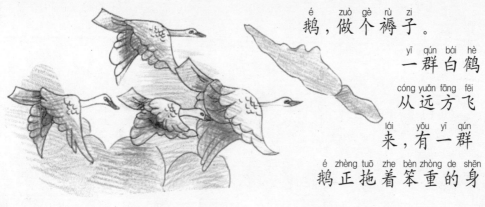

yī qún bái hè
一群白鹤

cóng yuǎn fāng fēi
从远方飞

lái yǒu yī qún
来，有一群

é zhèng tuō zhe bèn zhòng de shēn
鹅正拖着笨重的身

chǔ bèi
储 备

néng liàng
能 量

子，摇摇摆摆地在草原上寻找食物，见到白鹤从空中飞来，便亲热地上前招呼道："白鹤老兄，你们要到哪去呀？"白鹤回答说："我们要去南方过冬，路过这里，顺便找点东西吃。"鹅想："哦，瞧它们这么轻捷灵活，原来还怕冷呀，哪像我们，拥有一身厚厚的肉，根本不怕寒冬。"鹅高傲地昂起头，不再理会白鹤，它们认为白鹤不如自己富有。看自己身上这厚厚的肉，多么令贫穷的白鹤羡慕啊。

白鹤对鹅的转变感到莫名其妙，一听到它们要去南方过冬，态度就变

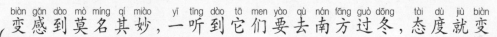

líng
灵

huó
活

xiàn
羡

mù
慕

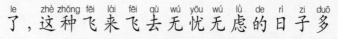

伊索寓言

了，这种飞来飞去无忧无虑的日子多么惬意，为什么要把自己绑在一个地方呢。显然，鹤对鹅很不理解。既然有分歧，鹤对鹅就不再说话了。

正在这时，猎人们扛着枪向这边走来。他们发现这群鹅和鹤，悄悄地散开了，把鹅和鹤包围起来。包围圈逐渐地缩小，这时，鹤和鹅都感到了危险。白鹤们拍拍翅膀飞了起来，逃出了猎人的包围圈。

而鹅同样用力的拍打着翅膀，可是那厚重的肉成了累赘，只好眼睁

xiǎn rán
显 然

bāo wéi
包 围

伊索寓言

zhēng de kàn zhe bái hè fēi zǒu le
睁地看着白鹤飞走了。

liè rén xiàng tā men kào jìn le   zuì hòu
猎人向它们靠近了。最后，

zhè qún é chéng le liè rén de náng zhōng
这群鹅成了猎人的囊中

zhī wù   liè rén men dài zhe fēng
之物。猎人们带着丰

hòu de liè wù   yī lù gāo gē huí
厚的猎物，一路高歌回

jiā qù le   zhè gè gù shì gào sù wǒ
家去了。这个故事告诉我

men   bú yào bǎ jīn qián hé cái wù kàn de
们，不要把金钱和财物看得

guò zhòng   ér lún wèi tā men de nú lì
过重，而沦为它们的奴隶。

dòng nǎo jīn
动脑筋

zuì hòu liè rén zhuō dào de shì é hái shì hè
最后猎人捉到的是鹅还是鹤？

xùn   liàn
训　练

dà yàn nán fēi   qiū fēng   de dà cǎo yuán huàn shàng
大雁南飞，秋风--------，-------- 的大草原换上

huáng sè de yī zhuāng
黄色的衣装。

gōng niú hé shī zi
公牛和狮子

原著:[古希腊]伊索

改编:于文

伊索寓言

gōng niú hé mǔ niú zǔ chéng le
公牛和母牛组成了

yī gè jiā tíng shēng huó de
一个家庭,生活得

xìng fú měi mǎn tā men lù
幸福美满。它们陆

xù shēng le sān tóu dǎn dà wán pí
续生了三头胆大顽皮

de xiǎo niú gěi niú mā mā hé niú bà
的小牛,给牛妈妈和牛爸

bà dài lái wú qióng de lè qù
爸带来无穷的乐趣。

bù zhī bù jué xiǎo niú men zhǎng dà le niú bà bà xiān
不知不觉,小牛们长大了,牛爸爸先

xíng sǐ qù niú mā mā yě jiàn jiàn shuāi mài bù kān yǒu yī tiān niú mā mā jiāng sān
行死去,牛妈妈也渐渐衰迈不堪。有一天,牛妈妈将三

gè hái zi jiào dào shēn biān dīng zhǔ shuō wǒ yǒu xiē huà liú gěi nǐ men qiè bù kě
个孩子叫到身边,叮嘱说:"我有些话留给你们,切不可

wàng jì cǎo yuán shàng měng shòu bù shǎo yǒu bào zi yóu qí shì shī zi dōu shì wǒ
忘记。草原上猛兽不少,有豹子,尤其是狮子,都是我

lè   qù
乐趣

dīng   zhǔ
叮嘱

们的大敌，你们兄弟在一起，狮

子奈何不了你们。你

们一旦分开，狮子会

一个个地将你们吃

掉。"老母牛说完就死了。

小牛们牢记母亲的教导，形

影不离地生活在一起，日子过得和睦，生机勃勃。一头

狡猾的狮子来到草原，它贪婪地捕食小动物，吓得小

羊、小鹿、野兔等弱小的动物纷纷搬到牛兄弟附近躲避

灾难。三个牛哥

们心地善良，见义

勇为，狮子每次来

袭击小动物时，都

被他们赶走了。狮

子心中万分恼怒。对三

伊索寓言

nài hé
奈 何

xí jī
袭 击

42

头牛恨得咬牙切齿。

狮子想出了一

个阴谋，设法让三头

牛失和，不住在一起，

然后分别吃掉它们。

第二天，狮子对二牛和三牛说："昨天，我备了鲜草

给你们三兄弟，委托大牛带给你们，不知是否可口？"

二牛和三牛齐声表示，没见过什么鲜草。狮子分析，是

让大牛独吞了，弄得二牛、三牛很不高兴。

狮子继续按这个方法施行，弄得三头牛兄弟之间争

吵起来。大牛说："它只说将鲜草送给我，并没有你们

的份儿。"二牛和三牛坚决

不信，大牛生气地独

自去生活。狮子见

有机可乘，便将大

伊索寓言

fēn bié
分 别

wěi tuō
委 托

伊索寓言

牛吃掉了。

二牛和三牛见大牛总不回来，渐渐有点醒悟，决定分头去寻找。狮子又将二牛和三牛分别吃掉了。

内部的精诚团结使敌人束手无策，一旦内讧，成为一盘散沙，只能被敌人个个消灭。团结起来，才有力量。

动脑筋

二牛和三牛被狮子吃掉了吗？他们为什么被狮子吃掉了？

训　练

内部的————使敌人————，一旦内讧，成为一盘散沙。

狗仗人势

原著：[古希腊]伊索

改编：于文

狼和狗曾有过一段很好的交情，后来，狗觉得狼过于残忍，还专门攻击弱小善良的动物，一天夜里，狗悄悄地不辞而别。

狗孤零零地流浪了许多地方，交过很多动物朋友，最终还是选择了人。它认为人最有本事，也最可靠，于是在人的家里定居下来。狗白天替主人牧羊，

伊索寓言

残 忍

流 浪

伊索寓言

yè lǐ kān jiā hù yuàn　jìn zhí jìn zé　suó yǐ　rén rèn wéi　gǒu shì dòng wù zhī
夜里看家护院，尽职尽责。所以，人认为，狗是动物之

zhōng zuì zhōng shí kě kào de péng yǒu
中最忠实可靠的朋友。

rén sì yǎng le bǎi shí zhī yáng ruò gān
人饲养了百十只羊，若干

tóu zhū　hái yǒu shù shí zhī jī
头猪，还有数十只鸡，

yè lǐ dōu jiāo gěi gǒu lái shǒu
夜里都交给狗来守

hù　láng jǐ tiān yě
护。狼几天也

bǔ bú dào shí wù　dù
捕不到食物，肚

zi è de gū gū jiào
子饿得咕咕叫。

tā shí zài méi yǒu bàn fǎ
它实在没有办法，

zhǐ hǎo mào xiǎn lái dào cūn zhuāng xiǎng tōu
只好冒险来到村庄，想偷

jǐ zhī jī yā é　lüè yǐ chōng jī　dāng
几只鸡鸭鹅，略以充饥，当

rán　néng gǎn chū yī zhī féi yáng zé zuì wèi lǐ xiǎng　láng qiāo qiāo lái dào xiǎo cūn zi
然，能赶出一只肥羊则最为理想。狼悄悄来到小村子，

qīng yíng de tiào guò zhà lán　hái méi děng jiē jìn yáng quān　jiù bèi gǒu fā xiàn le
轻盈地跳过栅栏，还没等接近羊圈，就被狗发现了。

láng hěn rè qíng de dǎ zhāo hū　qīn ài de gǒu　wǒ men shì lǎo péng yǒu le
狼很热情地打招呼："亲爱的狗，我们是老朋友了。

fēn bié zhī hòu fēi chángxiǎng niàn nín　nín bú jiè yǐ wǒ lái de tài wǎn le ba　gǒu
分别之后非常想念您，您不介意我来得太晚了吧？"狗

zhōng shí
忠 实

zhà lán
栅 栏

也认出了狼，闷声闷气地问："原来是狼大哥，谢谢您还记得我。只是您深夜来访，不只是为了看看老朋友吧？"狼不计较狗的不友好，很兴奋地回答："您不愧是我的老朋友，真了解我。我当然不是专门来看望您，主要还请您帮忙，您瞧，我饿了几天了，看在过去的交情上，您该给我弄点吃的吧。"

狗突然觉得狼有些可怜，改换成一种友好的语气说："我真想帮帮你，不过，这里只有我晚饭剩下的玉米饼子，不知是否合您的口味？记

伊索寓言

 了 解　 帮 忙

得您好像从来不是个素食主义者。"

狼摇摇头，说："我不吃你剩下的东西，我只想吃只羊。"狗当然不能答应。于是狼与狗咬起来。人听到动静，拎起木棍走出来恶狠狠打了恶狼一棍。

狼仓惶逃走，狗奋起猛追。狼回头斥责狗："我不怕你，怕的是人！你这狗仗人势的东西！"看来，依靠别人的力量会让人小瞧。

动脑筋

狗为什么那么大胆的去追狼？

训练

主人饲养百十只——————羊，若干——————猪。

hǎi tún hé bái yáng yú
海豚和白杨鱼

原著:[古希腊]伊索

改编:于文

伊索寓言

有一条海豚是一片海域的霸主,在这里生活的各种鱼类都得听它的。有一天,一条大鲸鱼来到了这里,它

身体庞大,许多小鱼都

躲着它。海豚感到了

一种对自己权力的

威胁。

于是,它就对鲸鱼说:"这一片海域是我的领地,如果要想在这里生活,必须听从我的命令,否则,就请你离开这里。"鲸鱼自认为身强体壮,走到哪里都应该是它说了算,它很不服气,就说:

xǔ 多 duō

否 fǒu 则 zé

伊索寓言

"天下是大家的，不是哪一个人的，如果这里需要一个管理者的话，那应该让最强的人去做。现在既然我来了，你就退位吧，我想我比你更适合做这项工作。"海豚一听，怒火中烧，心想："这不是要夺权吗，我岂能容你！"

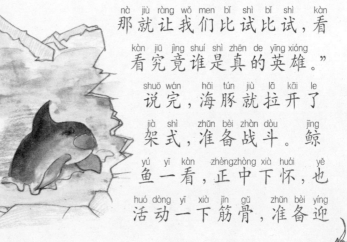

于是，就对鲸鱼说："看来和你好话商量是不行了，那就让我们比试比试，看看究竟谁是真的英雄。"说完，海豚就拉开了架式，准备战斗。鲸鱼一看，正中下怀，也活动一下筋骨，准备迎

jì rán　　shāng liàng
既 然　　商 量

战，它们在海里打在了一起。鲸鱼虽然体大有力，但是比较笨拙，而海豚虽然身体较小，但灵巧机敏。棋逢对手，一时分不出胜负，从早一直打到晚。只见海水翻腾，卷起海底的泥沙，一片碧蓝明净的海水被它们搅得浑浊不堪。生活在这里的其它鱼，都躲在石头缝里不敢出

来。一条以吃小虾为生的小白杨鱼，一天没有吃东西，感到有点受不了了。

于是它决定做一次说客，去劝说海豚和鲸鱼不要再打下去了。海豚和鲸鱼激战正酣，它们身上出的血把海水都染红了。这时，游过来一条白杨鱼，对他们说："两位打了一天也分不出胜败，我看就算了吧，你们讲和吧。何苦

nòng de liǎng bài jù shāng ne hǎi tún yī kàn zhè
弄得两败俱伤呢。"海豚一看这
me diǎn gè xiǎo yú zài zhè ér zhǐ shǒu huà jiǎo jiù
么点个小鱼在这儿指手划脚，就
shuō nǐ yǒu shén me zī gé shuō zhè zhǒng huà
说："你有什么资格说这种话，
duì wǒ men lái shuō níng kě zhàn dòu dào dǐ yě
对我们来说，宁可战斗到底，也
bǐ ràng nǐ lái quàn shuō hǎo shòu yī xiē bái yáng
比让你来劝说好受一些。"白杨
yú yī tīng huī liū liū de yóu zǒu le
鱼一听，灰溜溜地游走了。

zhè gè gù shì shì shuō yǒu xiē rén běn lái wú zú qīng zhòng yù shàng dòng luàn
这个故事是说，有些人本来无足轻重，遇上动乱，
què zì yǐ wéi zì jǐ shì shén me dà rén wù
却自以为自己是什么大人物。

dòng nǎo jīn
动脑筋

bái yáng yú quàn jià chénggōng le ma hǎi tún tīng tā de ma
白杨鱼劝架成功了吗？海豚听他的吗？

xùn liàn
训 练

yǒu yī tiān yī dà jīng yú lái dào le zhè lǐ tā shēn
有一天，一-------大鲸鱼来到了这里，它身
tǐ
体--------。

hēi xióng de zhōnggào
黑熊的忠告

原著:[古希腊]伊索

改编:于文

伊索寓言

yǒu liǎng gè xiǎo huǒ zi xiāng yuē qù cūn wài de shān shàng yóu wán lín zhōng
有两个小伙子相约去村外的山上游玩,林中

xī shuǐ cóng cóng niǎo míng shēng shēng liǎng wèi péng yǒu
溪水淙淙,鸟鸣声声,两位朋友

bèi sēn lín de měi lì shēn shēn xī yǐn le bù
被森林的美丽深深吸引了,不

zhī bù jué de zǒu jìn le rén jì hǎn zhì de
知不觉地走进了人迹罕至的

yuán shǐ sēn lín liǎng rén shuō shuō xiào xiào
原始森林。两人说说笑笑,

nǐ zhuī wǒ gǎn lí cūn zi yuè lái yuè
你追我赶,离村子越来越

yuǎn le
远了。

hū rán bèi hòu chuán lái yī zhèn
忽然,背后传来一阵

shēng yīn liǎng gè rén lián máng zhuǎn shēn yuán lái shēng yīn shì cóng yī kē dà shù hòu chuán
声音。两个人连忙转身,原来声音是从一棵大树后传

lái de qí zhōng yī gè shuō hǎo xiàng shì zhī hú lí wǒ qù zhuō zhù tā zhè
来的。其中一个说:"好像是只狐狸,我去捉住它。这

sēn   lín
森　　林

xī   yǐn
吸　　引

伊索寓言

下，咱们冬天有好帽子戴了！"说着，他蹑着脚走了过去。还没等他走到那棵大树边，"呼"的一声，一个黑乎乎的影子从树后窜了出来。

两人定睛一看，可不得了，窜出来的不是什么狐狸，而是一头大黑熊。这头熊的肚子瘪瘪的，一定有很长时间没吃东西了，所以它当然不会放过这两个倒霉蛋。离熊较远的一个人灵机一动，迅速地爬上了一棵树，把自己隐藏在茂密的树枝里，动也不敢动。另一个人因为离熊太近，跑是来不及了。

大黑熊也不急于扑上来，一步一步地朝他挨了过来。那人脑袋里疾速地想着对策，忽然，他想起村中的

倒霉

对策

一位老人说过："熊是不吃死人的。"于是，他"扑通"一声倒在地上装死。

熊走了过来，用黑亮亮的鼻子嗅遍了他的全身。那人屏住了呼吸，不敢露出一点马脚，否则性命就要不保。

熊用鼻子拱了拱他的脸，又用爪子捅了捅他的腰，见他没有丝毫反应，便确定这是个死人，闷闷不乐地走开了。

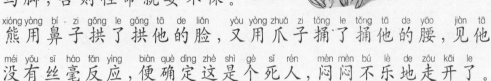

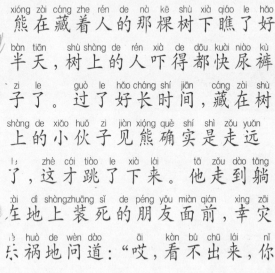

熊在藏着人的那棵树下瞧了好半天，树上的人吓得都快尿裤子了。过了好长时间，藏在树上的小伙子见熊确实是走远了，这才跳了下来。他走到躺在地上装死的朋友面前，幸灾乐祸地问道："哎，看不出来，你

伊索寓言

扑 通
确 实

和狗熊还是好朋友呢！刚才，熊趴在你耳边低声说了些什么？"

那个死里逃生的人气愤地说："熊送给我一句忠告：在危难的时候弃你而去的人，千万不要和他做朋友！"这个故事告诉我们：患难见知己。

动脑筋

没有爬上树的小伙子被熊吃掉了吗？

训练

熊用鼻子-----了-----他的脸，又用爪子-----了------他的腰。

伊索寓言

骄傲的阿波罗
jiāo ào de ā bō luó

原著：[古希腊]伊索

改编：于文

相传在希腊的奥林匹斯山上居住着众神，天神宙斯
xiāngchuán zài xī là de ào lín pǐ sī shānshàng jū zhù zhe zhòngshén tiān shén zhòu sī

的儿子阿波罗是主管太阳的神。
de ér zi ā bō luó shì zhǔ guǎn tài yáng de shén

阿波罗从小练习射箭，箭法非常
ā bō luó cóng xiǎo liàn xí shè jiàn jiàn fǎ fēi cháng

好，能在百步之外一箭射穿杨树的
hǎo néng zài bǎi bù zhī wài yī jiàn shè chuānyáng shù de

叶子。他经常架着金色的马车，
yè zi tā jīng cháng jià zhe jīn sè de mǎ chē

在天空中驰骋，以箭会友，从来
zài tiān kōngzhōng chí chěng yǐ jiàn huì yǒu cóng lái

没有人能比得过他。后来人们
méi yǒu rén néng bǐ de guò tā hòu lái rén men

又把他称为箭神。
yòu bǎ tā chēng wéi jiàn shén

阿波罗因此非常骄傲，从不
ā bō luó yīn cǐ fēi cháng jiāo ào cóng bù

把众神放在眼里，在路上遇见了，
bǎ zhòngshén fàng zài yǎn lǐ zài lù shàng yù jiàn le

伊索寓言

太 阳
tài yáng

驰 骋
chí chěng

伊索寓言

ā bō luó de tóu zǒng shì yáng de gāo gāo de shí jiān
阿波罗的头总是扬得高高地，时间
yī cháng dà jiā duì tā dōu hěn yǒu yì jiàn
一长大家对他都很有意见。
màn màn de yǒu rén bǎ huà chuán dào le zhòu
慢慢地，有人把话传到了宙
sī de ěr duǒ lǐ zhòu sī xīn xiǎng ā bō
斯的耳朵里，宙斯心想："阿波
luó rú guǒ zài zhè yàng xià qù zhòng shén dōu
罗如果再这样下去，众神都
bèi tā dé zuì guāng le yǐ hòu tā jiù wú
被他得罪光了，以后他就无
lì zú zhī dì le wǒ děi xiǎng gè fǎ zi
立足之地了。我得想个法子，
hǎo hǎo jiào yù
好好教育

jiào yù tā yǒu yī tiān ā
教育他。"有一天，阿
bō luó zhèng zài liàn jiàn zhòu sī zǒu le
波罗正在练箭，宙斯走了
guò lái duì tā shuō ā bō luó
过来，对他说："阿波罗，
nǐ de jiàn fǎ liàn de zěn me yàng
你的箭法练得怎么样
le ràng wǒ qiáo yī qiáo
了？让我瞧一瞧。"
ā bō luó jiàn fù qīn qīn zì lái
阿波罗见父亲亲自来
kàn tā liàn jiàn jiù gèng jiā mài lì qì le
看他练箭，就更加卖力气了。

rú guǒ
如果

jiào yù
教育

他把弓拉得满满的，眼睛对准远处一棵杨树，说："我要射那棵杨树最下面的一片叶子。"说完，手一松，弦响叶落，果然是最下面的一片。宙斯拍手叫好，说："好，你的箭法进步很快，要继续努力，多下苦功，让箭法再上一个层次。"

阿波罗听了父亲的夸奖，十分得意地说："我的箭法世界第一，就是十年不练，也没人能超过我。"宙斯知道阿波罗的老毛病又犯了，说："你的箭法离真正的射箭高手还差的很远，不要总以为自己是天下第一，要知

伊索寓言

guǒ rán
果 然

kuā jiǎng
夸 奖

伊索寓言

dào rén wài yǒu rén tiān wài yǒu tiān ā
道人外有人，天外有天啊！"

ā bō luó gēn běn bù tīng tā shuō wǒ
阿波罗根本不听，他说："我

jīng cháng hé tiān xià de shè jiàn gāo shǒu bǐ sài
经常和天下的射箭高手比赛，

cóng lái méi yǒu shū guò wǒ bú xìn hái yǒu
从来没有输过。我不信还有

rén bǐ wǒ shè de gèng hǎo
人比我射得更好。"

zhòu sī tīng le hěn shēng qì jué
宙斯听了，很生气，决

dìng hǎo hǎo jiào xùn tā yī xià cuò yī
定好好教训他一下，挫一

cuò tā de ruì qì hǎo ràng tā gǎi diào
挫他的锐气，好让他改掉

kuáng wàng zì dà de máo bìng jiù shuō dào
狂妄自大的毛病，就说道：

nǐ yǐ wéi nǐ de jiàn fǎ dāng zhēn tiān
"你以为你的箭法当真天

xià wú dí le ma nà me nǐ zài
下无敌了吗？那么，你再

shè yī jiàn ràng wǒ kàn kàn
射一箭，让我看看。"

ā bō luó shǐ chū hún shēn de lì
阿波罗使出浑身的力

qì yòng jiàn shè nà kē yáng shù zhǐ jiàn
气，用箭射那棵杨树，只见

zhòu sī yī bù kuà chū qù jiù dào le yáng shù qián qīng qīng bǎ jiàn jiē zhù sòng gěi le
宙斯一步跨出去就到了杨树前，轻轻把箭接住，送给了

 ruì qì 锐气 jiào xùn 教训

60

ā bō luó
阿波罗。

ā bō luó mǎn miàn xiū kuì dī zhe tóu bǎ
阿波罗满面羞愧,低着头把

jiàn jiē zhù tā zhōng yú zhī dào zì jǐ de jiàn
箭接住。他终于知道自己的箭

fǎ hái xū yào xià kǔ gōng cái xíng
法还需要下苦功才行。

zhè gè gù shì shì shuō zuò rén yào qiān xū
这个故事是说,做人要谦虚,

liàn běn lǐng yào xià kǔ gōng
练本领要下苦功。

dòng nǎo jīn
动脑筋

ā bō luó zuì hòu de jiàn shè zhòng le yáng shù ma
阿波罗最后的箭射中了杨树吗?

xùn liàn
训练

zuò rén yào liàn běn lǐng yào xià kǔ gōng
做人要--------,练本领要下苦功。

伊索寓言

kǒng què hé bái hè
孔雀和白鹤

原著:[古希腊]伊索

改编:于文

kǒng què zǒng shì gǎi bù liǎo tā jiāo ào de gè
孔雀总是改不了他骄傲的个

xìng xǐ huān tóng bié rén yī jiào gāo dī kuā yào
性,喜欢同别人一较高低,夸耀

zì jǐ xuàn lì de yǔ máo
自己炫丽的羽毛。

shí jiān jiǔ le péng yǒu men dōu
时间久了,朋友们都

lí tā ér qù le kǒng què dú zì
离它而去了。孔雀独自

màn bù zài xiǎo xī pàn duì zhe xī
漫步在小溪畔,对着溪

shuǐ gū fāng zì shǎng zhè shí yī
水孤芳自赏。这时,一

zhī xiǎo xǐ què wèn dào kǒng què
只小喜鹊问道:"孔雀,

zěn me jiù nǐ yī gè rén nǐ de
怎么就你一个人,你的

péng yǒu hé nà xiē yǎng mù zhě me
朋友和那些仰慕者呢?"

xuàn lì
炫 丽

màn bù
漫 步

kǒng què huí dá dào   wǒ cái bú yào lǐ tā men ne   yí gè gè zhǎng de xiàng
孔雀回答道:"我才不要理他们呢,一个个长得像

chǒu bā guài yí yàng   xiǎo xǐ què tīng le   hǎo xīn de quàn dào   kǒng què nǐ bù yīng
丑八怪一样。"小喜鹊听了,好心地劝道:"孔雀,你不应

gāi zhè yàng shēng de měi lì shì shàng tiān duì nǐ de hòu ài   dàn nǐ bù gāi guò yú zì
该这样,生得美丽是上天对你的厚爱,但你不该过于自

ào   fǒu zé nǐ huì shī qù xǔ duō měi hǎo de dōng xī
傲。否则你会失去许多美好的东西。"

kǒng què gēn běn tīng bú jìn qù
孔雀根本听不进去,

shuō dào   hǎo le   nǐ zhēn fán rén
说道:"好了,你真烦人,

kuài zǒu kāi bā   bié zài zhè ér jiào xùn
快走开吧,别在这儿教训

wǒ le   nǐ shì bú shì jí dú wǒ
我了。你是不是嫉妒我

yā jiǎng le yī duī kōng dòng de dà dào
呀,讲了一堆空洞的大道

lǐ dàn què gǎi biàn bù liǎo wǒ bǐ nǐ měi
理,但却改变不了我比你美

lì de shì shí   xiǎo xǐ què shēng qì de pāi
丽的事实。"小喜鹊生气地拍

pāi chì bǎng fēi zǒu le
拍翅膀飞走了。

kǒng què shū lǐ zhe yǔ máo xīn shǎng zhe zì
孔雀梳理着羽毛,欣赏着自

jǐ zài shuǐ zhōng de dào yǐng   hòu lái kǒng què tīng shuō
己在水中的倒影。后来,孔雀听说

yǒu yì zhǒng jiào bái hè de dòng wù quán shēn xuě bái tǐ
有一种叫白鹤的动物,全身雪白,体

hòu
厚

ài
爱

jí
嫉

dù
妒

伊索寓言

伊索寓言

态优美,很受人们喜爱,便一心想与它一较高下。孔雀开始期待白鹤的到来,它要亲眼见识一下白鹤的样子。

这一天终于来到了,一只白鹤飞来了,小鸟儿迎接这位来自远方的客人。

孔雀听说了,要与白鹤比试比试到底谁是最美丽的。孔雀走在白鹤跟前,轻蔑地看了白鹤一眼,展开了大屏风,光彩夺目的羽毛着实耀眼。孔雀讥笑白鹤说:"我披金挂紫,你的羽毛却一点儿也不华丽。"

xǐ　ài
喜　爱

qīng　miè
轻　蔑

白鹤回答说:"我鸣叫于星
际,飞翔于九霄,你却与
家禽为伍,在地上行走。"
孔雀无言以对。

　　这个故事是说,朴素外
衣下伟大的灵魂,胜于自诩
富有而空虚的心灵。

伊索寓言

动脑筋

孔雀和白鹤之间的比赛谁胜利了?

训练

白鹤是一种全身-------,体态-------的鸟。

伊索寓言

lú hé gǎn lú rén
驴和赶驴人

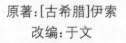

原著:[古希腊]伊索

改编:于文

　　zhè yī tiān， lú yóu gǎn lú rén dài
　　这一天，驴由赶驴人带
líng zhe　　yī qǐ xiàng chéng shì zǒu qù　gǎn
领着，一起向城市走去。赶
lú rén duì zhè tóu lú fēi cháng hǎo　　píng
驴人对这头驴非常好。平
shí　yǒu hǎo liào gǎn lú rén gěi tā chī
时，有好料赶驴人给它吃，
yǒu hǎo wō gěi tā zhù， shèn zhì
有好窝给它住，甚至
bú ràng tā gàn zhòng huó
不让它干重活。

　　dàn shì， wú lùn gǎn lú
　　但是，无论赶驴
rén duì tā zěn me hǎo　　yī yǒu bú shùn xīn de shì　zhè tóu
人对它怎么好，一有不顺心的事，这头
lú jiù yào shuǎ qǐ lú pí qì　　gǎn lú rén kàn yòng ruǎn bàn fǎ bù néng ràng zhè tóu lú
驴就要耍起驴脾气。赶驴人看用软办法不能让这头驴
tīng huà， biàn cǎi qǔ le yìng bàn fǎ　　yǒu hǎo chī de bù gěi tā chī， yǒu hǎo zhù de
听话，便采取了硬办法。有好吃的不给它吃，有好住的

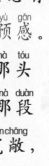

bù gěi tā zhù zhuān mén ràng tā gàn zhòng huó xiǎng
不给它住，专门让它干重活，想

yǐ cǐ lái bī tā jiù fàn kě shì
以此来逼它就范。可是，

zhè yě wú jì yú shì nà tóu lú
这也无济于事，那头驴

réng rán wǒ xíng wǒ sù yī diǎn
仍然我行我素，一点

yě bù jiāng gǎn lú rén fàng zài yǎn lǐ
也不将赶驴人放在眼里。

ruǎn de bù xíng yìng de yě
软的不行，硬的也

bù xíng gǎn lú rén méi le bàn fǎ
不行，赶驴人没了办法，

zuì hòu jiù yóu zhe nà tóu lú de xìng ér tā yuàn yì zěn me yàng jiù zěn me yàng bú
最后就由着那头驴的性儿，它愿意怎么样就怎么样，不

zài guǎn tā le jīn tiān gǎn zhe nà tóu
再管它了。今天赶着那头

lú shàng lù gǎn lú rén xīn lǐ jiù shí
驴上路，赶驴人心里就十

fēn bù tà shí xīn lǐ xiǎng zǒng yǒu
分不踏实，心里想总有

yào chū diǎn shén me shì de yù gǎn
要出点什么事的预感。

gǎn lú rén lǐng zhe nà tóu
赶驴人领着那头

lú zǒu le yī duàn lù nà duàn
驴走了一段路。那段

lù kě zhēn hǎo píng tǎn kuān chǎng
路可真好，平坦宽敞，

伊索寓言

  最 后   预 感

连一点凹凸不平也没有。赶驴人心情十分畅快，禁不住哼起了小调。他心中想，走这样的路而担心会出事，那一定是傻瓜。可是，还没等赶驴人将这好事想完，那头驴竟离开了平坦的大道，走到那无路的山脚下，紧挨着悬崖走去了。

赶驴人看到要出事，就开始吆喝，让那头驴回来，但驴根本就不听他的。赶

驴人使足劲去拉它，它却用足劲往回挣。赶驴人知道，它的犟脾气又上来了。这样你往前一拉，它往后一拉，驴便到了悬崖边，眼看就要掉下去了。赶驴人不忍心让驴掉下去摔死，立即抢先几步，伸出手死死地拉住了驴的尾

巴，想拼着命将驴拉回来。可是，驴却与赶驴人想的不
一样，你越拉我越挣，赶
驴人哪里有驴的劲
大，一会儿便支持
不住了。

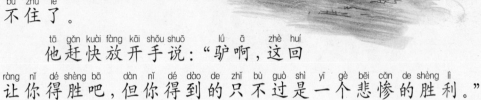

他赶快放开手说："驴啊，这回
让你得胜吧，但你得到的只不过是一个悲惨的胜利。"

伊索寓言

动脑筋

驴子最后得到胜利了吗？它的做法对吗？

训练

赶驴人伸出手--------地拉住驴尾巴。

伊索寓言

mù rén hé gǒu
牧人和狗

原著:[古希腊]伊索

改编:于文

wèi le kān hù hǎo zì jǐ de yáng qún　mù rén yǎng le yī tiáo hěn dà de gǒu
为了看护好自己的羊群,牧人养了一条很大的狗。

zhè tiáo gǒu měi tiān gēn zhe yáng qún dào mù chǎng qù　yáng chī cǎo shí　tā jiù yī dòng bú
这条狗每天跟着羊群到牧场去,羊吃草时,它就一动不

dòng de shǒu zài páng biān
动地守在旁边。

yī dàn yǒu shén me fēng chuī
一旦有什么风吹

cǎo dòng gǒu huì lì jí shù
草动,狗会立即竖

qǐ ěr duǒ jī jǐng de sì chù
起耳朵,机警地四处

guān chá
观察。

yǒu yī cì yī zhī láng qiāo qiāo de kào jìn le mù chǎng tā kàn dào gǒu shǒu zài
有一次,一只狼悄悄地靠近了牧场,它看到狗守在

nà lǐ bù gǎn qīng yì qù pèng yáng ér dāng yuǎn chù zhǔ rén hū huàn gǒu shí gǒu cháo
那里,不敢轻意去碰羊儿。当远处主人呼唤狗时,狗朝

zhǔ rén pǎo le guò qù zhè shí láng yǐ wéi yǒu jī kě chéng biàn hěn kuài xiàng yáng qún
主人跑了过去。这时,狼以为有机可乘,便很快向羊群

guān
观

chá
察

hū
呼

huàn
唤

扑去。就在这时候,狗发现了狼,立即

掉转头来,无比英勇地朝

狼猛扑过去。

狼的阴谋没

有得逞,牧人看

到这条狗如此机

警,便十分喜欢它。常常夸奖说:"我的这条狗,可真

是一条信得过的好狗。"为了奖赏狗,牧人便经常将死

去的羊扔给它吃。狗吃着羊肉,心中美滋滋的。它见

到其它的狗,便对它们说:"在我吃

过的肉中,味道最好

的就是羊肉。"那

些狗十分羡慕它。

有一回,羊群

被赶进圈里后,牧

伊索寓言

阴

谋

发 现

伊索寓言

rén dào yáng juàn qián kàn dào nà tiáo gǒu yòu shì yáo wěi bā yòu shì zā zuǐ zhī dào
人到羊圈前，看到那条狗又是摇尾巴，又是咂嘴，知道

tā yī dìng shì chán yáng ròu le
它一定是馋羊肉了。

yīn wèi yǒu xǔ duō rì zi méi
因为有许多日子没

yǒu gěi gǒu sǐ yáng chī le
有给狗死羊吃了。

yú shì mù rén duì gǒu
于是，牧人对狗

shuō nǐ xiǎng duì yáng gàn de
说："你想对羊干的

shì yī dàn bèi wǒ fā xiàn jiù huì luò dào nǐ de tóu shàng gǒu tīng le mù rén de
事，一旦被我发现就会落到你的头上。"狗听了牧人的

huà lì jí jiá qǐ wěi bā pǎo diào le
话，立即夹起尾巴跑掉了。

dòng nǎo jīn
动脑筋

zhè yàng de gǒu shì hǎo gǒu ma zhǔ rén xǐ huān tā ma
这样的狗是好狗吗？主人喜欢它吗？

xùn liàn
训 练

gǒu tīng le mù rén de huà lì jí wěi bā pǎo diào le
狗听了牧人的话，立即---------尾巴跑掉了。

nián qīng de làng rén hé yàn zi
年轻的浪人和燕子

原著:[古希腊]伊索

改编:于文

kěn tè de jiā yǒu wàn guàn jiā cái　liáng tián wàn qǐng
肯特的家有万贯家财，良田万顷，

hái yǒu jīn yín shǒu shì pù　miàn bāo fáng　zhōng biǎo
还有金银首饰铺、面包坊、钟表

diàn děng　tā jiā de fáng zi jī hū zhàn
店等，他家的房子几乎占

qù le bàn zuò chéng　kěn tè cóng xiǎo jiù
去了半座城。肯特从小就

shēng huó zài fù yù zhōng　měi tiān chī de
生活在富裕中，每天吃的

shì shān zhēn hǎi wèi　chuān de shì jǐn páo
是山珍海味，穿的是锦袍

pí yī　chū rù dōu chéng zuò jīn bì huī
皮衣，出入都乘坐金碧辉

huáng de mǎ chē
煌的马车。

yǒu fù mǔ zài de shí hòu　kěn
有父母在的时候，肯

tè zhǐ zhī dào huā qián rú liú shuǐ　jīn tiān mǎi qí niǎo　míng tiān mǎi qí shòu　qí huā
特只知道花钱如流水，今天买奇鸟，明天买奇兽，奇花

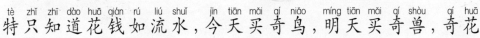

shǒu
首

shì
饰

fù
富

yù
裕

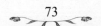

伊索寓言

异草都移到了家中。他家宽敞的院子里，飞禽走兽应有尽有。花花草草一丛丛、一株株让人眼花缭乱。肯特除了挥霍金钱，什么也没有学会。好日子一天天都混过去了，终于有一天，肯特的父母都离开了人世。

没有了父母，肯特仍没有收敛自己，而是放开了手脚，又添了吸毒等恶习。肯特没有心思去管理家业，面包坊不久被他租给了别人，金银首饰被他拿光了，钟表店也倒闭了……不到几年，肯特什么也没有了。他

lí kāi
离 开

dǎo bì
倒 闭

头篷垢面，面黄肌瘦，
一阵风都能将他吹倒。

有一天，肯特饿得实在
不行了，便来到街头想
讨一口吃的，但人们都知
道他是由于挥霍无度才到
了如此地步，所以谁都不同
情他。肯特站在街头，很久也
没有一个人肯施舍一口饭给
他。此时的肯特，身上只穿着一件外衣。那件衣服是
他唯一能遮挡风寒的东西。

街头的风冷冷的，路上的人们都快步走着，肯特想
他们家里一定有冒着热气的牛奶和刚刚烤好的面包在
等着。而自己呢？他不敢再往下想。这时，肯特猛一
抬头，看到树上落下了一只提早飞来的燕子，肯特高兴

伊索寓言

huī 挥

huò 霍

shī 施

shě 舍

de xiǎng yàn zi lái le tiān jiù nuǎn
地想，燕子来了，天就暖

hé le bù jiǔ qì wēn zhòu rán xià
和了。不久，气温骤然下

jiàng shí fēn hán lěng kěn tè bèi dòng de
降，十分寒冷，肯特被冻得

wú chù bì hán zhǐ hǎo zài lù shàng xiǎo pǎo
无处避寒，只好在路上小跑

yù hán zài lù shàng tā kàn dào yàn zi
御寒。在路上，他看到燕子

bèi dòng sǐ zài lù shàng biàn duì tā shuō wèi
被冻死在路上，便对他说："喂，

péng yǒu nǐ huǐ le wǒ yě huǐ le nǐ zì jǐ
朋友，你毁了我，也毁了你自己！"

zhè gè gù shì shì shuō yī qiè bù hé shí yí de xíng wéi dōu shì wēi xiǎn de
这个故事是说，一切不合时宜的行为都是危险的。

dòng nǎo jīn
动脑筋

yàn zi zuì hòu bèi dòng sǐ le ma nián qīng rén yě bèi dòng sǐ le ma
燕子最后被冻死了吗？年青人也被冻死了吗？

xùn liàn
训   练

huā huā cǎo cǎo ràng rén yǎn huā
花花草草------------让人眼花----------。

农夫和时运女神

原著:[古希腊]伊索

改编:于文

伊索寓言

有个农夫在山脚下过着普普通通的生活。春天播下种子,夏天精心照料,秋天收获粮食,冬天平整田地准备第二年继续耕种,农夫对这样的生活已经习以为常。

这一年冬天,农夫为了平整一块麦田,清早赶着马

车,拿着工具,来到他的麦地。虽然冬日的早晨寒意重一些,但农夫的心情很好,从心底涌起的暖流,驱走了寒冷的气息。

 suī　 rán　　　 xīn　 qíng

伊索寓言

nóng fū shǒu xiān bǎ dì lǐ de zá wù jiǎn qǐ lái fàng rù mǎ chē lā zǒu rán
农夫首先把地里的杂物捡起来，放入马车拉走，然

hòu yòu jiāng tián lǐ jiào dà de tǔ kuài jī suì bǎ tū qǐ de tǔ bāo píng zhěng hǎo
后，又将田里较大的土块击碎，把突起的土包平整好，

zhěngzhěngmáng le yī shàng wǔ zhōng wǔ nóng
整整忙了一上午。中午，农

fū de lǎo pó gěi tā sòng lái
夫的老婆给他送来

le kě kǒu de fàn cài
了可口的饭菜，

tā zài dì tóu chī de hěn
他在地头吃得很

xiāng xià wǔ nóng fū jì
香。下午，农夫继

xù gàn huó tā zhǔn bèi bǎ
续干活。他准备把

zhè kuài dì zhòng xīn fān yī biàn bǎo
这块地重新翻一遍，保

chí tǔ zhì sōng ruǎn shǐ tǔ rǎng de yíng yǎngchéng fèn néng
持土质松软，使土壤的营养成分能

dé dào wán quán de fā huī nóng fū yī zhí gàn dào bàng wǎn yǎn kàn zhe zhè kuài dì jiù
得到完全地发挥。农夫一直干到傍晚，眼看着这块地就

yào fān wán le tū rán nóng fū gǎn dào tiě qiāo chù dào yī kuài yìng bāng bāng de dōng xī
要翻完了，突然，农夫感到铁锹触到一块硬梆梆的东西，

tā yǐ wéi shì yī kuài shí tóu yī yáng shǒu jiù bǎ tā pāo xiàng dì tóu
他以为是一块石头，一扬手就把它抛向地头。

zhè shí yī dào jīn guāng cì de tā bì shàng le yǎn jīng dāng tā zhēng kāi yǎn shí
这时一道金光刺得他闭上了眼睛。当他睁开眼时，

kàn dào yī kuài huángchéngchéng de dōng xī fā chū duó mù de guāngmáng nóng fū jí máng pǎo
看到一块黄澄澄的东西发出夺目的光芒。农夫急忙跑

zhǔn bèi
准 备

bàng wǎn
傍 晚

过去，捡了起来，发现是一块金子。农夫欣喜若狂。他忙赶着马车向家中奔去，把这个好消息告诉了他的老婆。两个人高兴得一夜没睡，研究这块金子的来历，和如何报答这份恩典。

最后，他们一致认为，金子是高贵的土地女神赐予的，应该每天向土地女神献上一个花环。于是，他们每天都用鲜花编织漂亮的花环，敬献给土地女神，并祈祷能再次得到她的赐予。

农夫每天把时间都用在编花环和祈祷上，土地渐渐荒芜了，这时，时运女神出现在他的面前，对他说："朋友，那件礼物

伊 索 寓 言

bào　dá
报　答

gāo　guì
高　贵

是我送给你的，你为什么把它
算作土地女神送的呢？
如果时运变了，这块金
子落到了别人手里，那
时候你一定会埋怨我了。"

　　这个故事告诉我们，勤劳能够带来时运，要认清事物发展的本质，不能把命运寄托在某个神的身上。

动脑筋

农夫在地里用铁锹挖到了什么？

训　练

----- 播下种子，------ 精心照料，--------- 收获粮食，-------- 平整田地。

rén de zhì huì
人的智慧

原著:[古希腊]伊索

改编:于文

伊索寓言

chuán shuō zhōng shēng huó zài xī là ào lín pǐ sī shān shàng
传说中,生活在希腊奥林匹斯山上

de zhòng shén zhī wáng míng jiào zhòu sī
的众神之王,名叫宙斯,

tā guǎn lǐ zhe tiān xià de yī
他管理着天下的一

qiè
切。

yǒu yī tiān zhòu sī xún
有一天宙斯巡

yóu sì fāng lái dào dà dì
游四方,来到大地

shàng kàn dào zhè lǐ sēn lín
上,看到这里森林

mào mì niú yáng chéng qún tǔ dì féi wò jiù zuò xià lái xiū xī guān shǎng zhōu wéi
茂密,牛羊成群,土地肥沃,就坐下来休息,观赏周围

de jǐng sè tā fā xiàn zhè lǐ zhǐ yǒu zì jǐ huì shuō huà bú jìn gǎn dào yī zhèn jì
的景色,他发现这里只有自己会说话,不禁感到一阵寂

mò
寞。

guǎn lǐ
管 理

jǐng sè
景 色

伊索寓言

zhòu sī xiǎng　yīng gāi chuàng zào yī zhǒng
宙斯想，应该创造一种

huì shuō huà de shēng wù　lái guǎn lǐ zhè piàn
会说话的生物，来管理这片

guǎng mào de dà dì　yǐ hòu zì jǐ zài
广袤的大地，以后自己再

lái shí　yě yǒu gè shuō huà de duì xiàng
来时，也有个说话的对象。

yú shì　zhòu sī huí dào ào lín
于是，宙斯回到奥林

pǐ sī shān yǐ hòu　jiù àn zhào shén de mó
匹斯山以后，就按照神的模

yàng zuò chū le rén　bìng bǎ tā men sòng dào
样做出了人，并把他们送到

dà dì shàng shēng huó　hòu lái　zhòu sī yòu yī cì lái dào dà dì shàng　fā xiàn mào mì
大地上生活。后来，宙斯又一次来到大地上，发现茂密

de sēn lín biàn de xī xī lā lā　chéng qún de niú yáng yě xíng dān yǐng zhī　féi wò de
的森林变得稀稀拉拉，成群的牛羊也形单影只，肥沃的

tǔ dì shàng zá cǎo cóng shēng　zhè yī piàn měi lì
土地上杂草丛生，这一片美丽

de dà dì yǐ jīng bèi rén zāo tà de bù chéng
的大地已经被人糟踏得不成

yàng zi
样子。

zhòu sī kàn le　hěn shēng qì　huí
宙斯看了，很生气，回

dào ào lín pǐ sī shān shàng　zhěng tiān mèn
到奥林匹斯山上，整天闷

mèn bú lè　tā de ér zi hè ěr mò
闷不乐，他的儿子赫耳墨

àn　　zhào
按　照

zāo　　tà
糟　踏

斯就问他："尊敬的父亲，您为什么不高兴？"宙斯说："我为大地创造了人，想让大地变得生机勃勃，谁知这可恶的人类把大地搞得一塌糊涂。我这不是作孽吗？"

赫耳墨斯说："父亲不用着急，等我去察访一番，看看究竟是怎么一回事，回来我再向您汇报。"说完，他就下山去察访了。

几天后，赫耳墨斯回来了，他对宙斯说："尊敬的父亲，您没有给他们智慧，所以他们在大地

伊索寓言

察访 chá fǎng

智慧 zhì huì

上胡作非为没有任何节制。"宙斯恍然大悟，连忙对赫

耳墨斯说："你赶紧去给他们灌输一些智慧吧。"赫耳墨

斯就又下山给每个人都灌进了等量的智慧。

结果，个子小的灌满了智慧，成为聪明人，个子大

的，智慧只灌到膝头，就成为比较愚蠢的人。

这个故事是说，个子小并不是缺点，因为还有一些

个子虽然比较大，却比较愚蠢的人。

动脑筋

个子小是不是一个人的缺点？

训　练

宙斯到这里，森林---------，牛羊----------土地-

----------。

tù zi hé lǎo yīng
兔子和老鹰

原著:[古希腊]伊索

改编:于文

tù zi hé lǎo yīng bù zhī wèi shén me shì yī
兔子和老鹰不知为什么是一
duì yuān jiā　　　wú lùn zài nǎ ér yù dào tù zi
对冤家。无论在哪儿遇到兔子,
lǎo yīng dōu huì háo bù yóu yù de xiàng tā fā qǐ
老鹰都会毫不犹豫地向它发起
gōng jī
攻击。

yī dàn fā xiàn yǒu tù zi zài xià miàn lǎo
一旦发现有兔子在下面,老
yīng jiù huì zhǎn kāi shuāng chì　cháo xià měng chōng xià
鹰就会展开双翅,朝下猛冲下
lái liǎng zhī lì zhǎo yǒu lì de cháo tù zi zhuā qù
来,两只利爪有力的朝兔子抓去。

zhè shí hòu　　rú guǒ tù zi shāo shāo chí yí
这时候,如果兔子稍稍迟疑
bàn bù　biàn huì bèi lǎo yīng zhuā pò hòu bèi　jí shǐ
半步,便会被老鹰抓破后背,即使
jiǎo xìng táo tuō le è yùn shēn shàng yě huì liú xià
侥幸逃脱了恶运,身上也会留下

yuān
冤

jiā
家

jiǎo
侥

xìng
幸

伊索寓言

伊索寓言

难以愈合的伤口。更多的时候，兔子则是被老鹰的利爪牢牢地抓住带到天空，盘旋几圈后，成为老鹰的一道佳肴。

兔子为了保卫自己，练出了一套看家本领，每当老鹰来侵犯时，兔子就仰面朝天，将自己的四条腿缩在胸前，运足力气，当鹰冲下来，眼看就要抓住它时，它用力将四条腿一蹬，便能将老鹰的内脏蹬伤。

鹰收敛了许多，再不敢轻意侵犯兔子了。但是，它

佳　肴

轻　意

men hái shì miǎn bù liǎo shí cháng yào dǎ
们还是免不了时常要打

jiāo dào měi cì yù zài yī
交道，每次遇在一

qǐ gè yǒu shèng fù
起，各有胜负。

yǒu yī tiān
有一天，

tù zi hé yīng
兔子和鹰

yòu yù dào yī
又遇到一

qǐ yīng duì tù
起，鹰对兔

zi shuō wèi
子说："喂，

nǐ zhè gè duǎn wěi bā zì cóng nǐ yǒu le nà gè kān jiā běn lǐng
你这个短尾巴，自从你有了那个看家本领，

jiù bù jiāng wǒ fàng zài yǎn lǐ le qí shí nà yě méi yǒu shén me nǐ xiǎng ràng wǒ lǎo
就不将我放在眼里了？其实那也没有什么，你想让我老

yīng fú nǐ zhè gè tù zi nà shì gēn běn bù kě néng de
鹰服你这个兔子，那是根本不可能的！"

tù zi tīng le lǎo yīng de huà bù yǐ wéi rán de shuō zhēn shì de cóng qián
兔子听了老鹰的话，不以为然地说："真是的，从前

wǒ shì nà me pà nǐ jiàn dào nǐ zhǐ yǒu bèi zhuā huò táo pǎo de fèn xiàn zài wǒ kě
我是那么怕你，见到你只有被抓或逃跑的份，现在我可

bú pà nǐ le rú guǒ nǐ bù fú nà wǒ men jiù zhǎo gè shí jiān lái bǐ bǐ kàn
不怕你了。如果你不服，那我们就找个时间来比比，看

kàn dào dǐ shuí néng zhàn shèng shuí
看到底谁能战胜谁。"

běn lǐng　　　　táo pǎo
本 领　　　　逃 跑

伊索寓言

鹰一听兔子挑战了，哪有不应战的道理。于是，它们共同定了一个比武的日子。

这个故事是说，那些喜欢同强者竞争的人，是不顾自身的安全的。

伊索寓言

动脑筋

兔子和老鹰的比武进行了吗？

训练

兔子被老鹰的利爪--------地抓住带到天空。

shī zi de yǎn lèi
狮子的眼泪

原著:[古希腊]伊索

改编:于文

有一头公牛和一头母牛,还有一头小牛组成的家庭,它们生活得美满、幸福。狐狸经常到公牛家里做客。主人很热情,拿出新鲜的水果招待它,它还是不满意,因为它喜欢吃肉,不喜欢吃水果。后来,来的次数渐渐减少,再后来,竟不肯登门了。

伊索寓言

jiā　tíng
家　庭

měi　mǎn
美　满

伊索寓言

hú lí rèn wéi gōng niú fū qī hěn lìn
狐狸认为公牛夫妻很吝
sè xīn zhōng àn àn shēng qì tā shèn zhì
啬，心中暗暗生气。它甚至
shēng chū yào gěi gōng niú jiā tíng zhì zào xiē
生出要给公牛家庭制造些
má fán de niàn tóu hú lí dī zhe tóu
麻烦的念头。狐狸低着头
xiǎng xīn shì bù xiǎo xīn pèng shàng le shī zi
想心事，不小心碰上了狮子，
shī zi nù hǒu dào nǐ zhè gè hún dàn
狮子怒吼道："你这个混蛋，
wèi shén me bù gěi wǒ ràng lù nán dào xiǎng zhǎo
为什么不给我让路，难道想找
sǐ ma hú lí jí máng xiǎo xīn yì yì de péi bú shì
死吗！"狐狸急忙小心翼翼地赔不是。

tā jiàn shī zi yú nù wèi xī lián máng jìn yī bù tǎo hǎo shuō qián miàn yǒu
它见狮子余怒未息，连忙进一步讨好说："前面有
yī tóu mǔ niú shēng le yī tóu xiǎo
一头母牛生了一头小
niú xiǎo niú de ròu yòu xiān
牛。小牛的肉又鲜
yòu nèn nín yī dìng hěn xǐ
又嫩，您一定很喜
huān wǒ shì tè lái xiàng nín bào
欢，我是特来向您报
xìn de shī zi tīng le dà wéi gāo
信的。"狮子听了大为高
xìng rēng diào le hú lí qù xún zhǎo xiǎo niú
兴，扔掉了狐狸，去寻找小牛。

zhì zào

制 造

gāo xìng

高 兴

小牛正在草地上玩耍，远远看到狮子扑来，急忙回到父母身边。狮子继续向小牛袭击。公牛夫妻为了保护孩子，像疯了一样用牛角拼命地向狮子撞击。狮子只好落荒而逃。狮子没有吃到小牛，很不甘心，经常出现在小牛附近，寻找机会。有一次，小牛玩得太投入，离开了父母，被狮子叼走，牛爸爸和牛妈妈拼命追赶，还是让狮子逃掉了。小牛的父母很伤心，痛苦地流下了眼泪，它们下决心向狮子讨还血债。

有一次，狮子外出觅食，只有小狮子留在家中。公牛走进来，很不费力地将小狮子顶死，然后扬长而去。

伊索寓言

pīn mìng
拼 命

shāng xīn
伤 心

天 天 都 有 好 知 识

狮子觅食回来，发现小狮子已经被公牛的利角顶死，又气又痛，伤心得痛哭流泪，哭声传得很远。

一位猎人听到狮子的哭声，他慢慢倾听，才知道狮子是为它的孩子伤心。猎人在远处大声说："你的儿女被杀害，你知道心里难过。可是草原上不知有多少儿女被你杀害，难道它们的父母就不伤心吗！"故事告诉人们：伤害别人的人，到头来一定会自食恶果。

动脑筋

小牛被狮子吃掉了吗？小牛能逃走吗？

训练

主人很热情，拿出--------的水果招待它。

92

tōu mì rén de jié guǒ
偷蜜人的结果

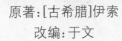

原著:[古希腊]伊索

改编:于文

yǒu yī gè mù yáng rén yǎng le yī bǎi
有一个牧羊人,养了一百

duō zhī yáng hái yǒu jǐ zhī xiōng hàn
多只羊,还有几只凶悍

de mù yáng quǎn rì zi guò de
的牧羊犬,日子过得

hěn zī rùn méi shén me bù yú
很滋润,没什么不愉

kuài de shì qíng
快的事情。

yī tiān yī wèi yǎng fēng
一天,一位养蜂

rén lù guò zhè lǐ tā kàn dào
人路过这里,他看到

cǎo yuán shàng dào chù shì shèng kāi de xiān huā biàn jué dìng liú xià lái ràng mì fēng cǎi huā
草原上到处是盛开的鲜花,便决定留下来,让蜜蜂采花

niàng mì yǎng fēng rén zài lí mù yáng rén jiā bù yuǎn de dì fāng dā qǐ yī jiān cǎo fáng
酿蜜。养蜂人在离牧羊人家不远的地方搭起一间草房,

yú shì tā men chéng le lín jū mù yáng rén shēng xìng háo shuǎng yǎng fēng rén de xìng gé què
于是他们成了邻居。牧羊人生性豪爽,养蜂人的性格却

zī rùn
滋 润

háo shuǎng
豪 爽

伊索寓言

_{hěn jū jǐn}
很拘谨。

_{huáng hūn shí fēn mù yáng}
黄昏时分，牧羊
_{rén gǎn zhe yáng qún huí dào jiā}
人赶着羊群回到家
_{zhōng dòng shǒu shāo kǎo yáng ròu}
中，动手烧烤羊肉，
_{hē zhe zì zhì de liè jiǔ jiáo}
喝着自制的烈酒，嚼
_{zhe dà kuài shǒu zhuā yáng ròu kāi}
着大块手抓羊肉，开
_{xīn de lǎng shēng dà xiào}
心地朗声大笑。

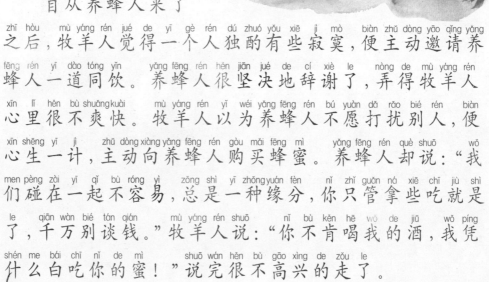

_{zì cóng yǎng fēng rén lái le}
自从养蜂人来了
_{zhī hòu mù yáng rén jué de yī gè rén dú zhuó yǒu xiē jì mò biàn zhǔ dòng yāo qǐng yǎng}
之后，牧羊人觉得一个人独酌有些寂寞，便主动邀请养
_{fēng rén yī dào tóng yǐn yǎng fēng rén hěn jiān jué de cí xiè le nòng de mù yáng rén}
蜂人一道同饮。养蜂人很坚决地辞谢了，弄得牧羊人
_{xīn lǐ hěn bù shuǎng kuài mù yáng rén yǐ wéi yǎng fēng rén bú yuàn dǎ rǎo bié rén biàn}
心里很不爽快。牧羊人以为养蜂人不愿打扰别人，便
_{xīn shēng yī jì zhǔ dòng xiàng yǎng fēng rén gòu mǎi fēng mì yǎng fēng rén què shuō wǒ}
心生一计，主动向养蜂人购买蜂蜜。养蜂人却说："我
_{men pèng zài yī qǐ bù róng yì zǒng shì yī zhǒng yuán fèn nǐ zhǐ guǎn ná xiē chī jiù shì}
们碰在一起不容易，总是一种缘分，你只管拿些吃就是
_{le qiān wàn bié tán qián mù yáng rén shuō nǐ bù kěn hē wǒ de jiǔ wǒ píng}
了，千万别谈钱。"牧羊人说："你不肯喝我的酒，我凭
_{shén me bái chī nǐ de mì shuō wán hěn bù gāo xìng de zǒu le}
什么白吃你的蜜！"说完很不高兴的走了。

_{jiān} _{jué}
坚 决

_{róng} _{yì}
容 易

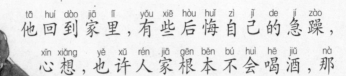

他回到家里，有些后悔自己的急躁，心想，也许人家根本不会喝酒，那么错在自己了。他转身去给养蜂人赔礼，却远远看见养蜂人在自得其乐地自斟自饮。牧羊人立即打消了道歉的念头，决定从此不理会养蜂人，也不屑吃他的蜂蜜。

后来，牧羊人偶然发现一群野蜂，他心头一亮，心想，带一些野蜂蜜回去，气气那个家伙。牧羊人待野蜂都飞出去后，便走过来取蜜，不料。几只野蜂回来，发现情况，立即通报全体野蜂。大群野蜂

伊索寓言

hòu huǐ
后 悔

lǐ huì
理 会

伊索寓言

lì jí fēi huí lái yuǎn yuǎn fā chū wēng wēng de xiǎng
立即飞回来，远远发出嗡嗡的响
shēng mù yáng rén zhī dào yě fēng bù
声。牧羊人知道野蜂不
hǎo rě biàn zì dòng lí kāi
好惹，便自动离开，
miǎn qù yī chǎng zāi huò
免去一场灾祸。

tōu qiè bù jǐn kě chǐ ér
偷窃不仅可耻，而
qiě shí shí yǒu kě néng bèi zhuō huò zāo shòu
且时时有可能被捉获，遭受
chéng fá de wēi xiǎn shì shàng gēn běn bú cún zài bù
惩罚的危险。世上根本不存在不
shī shǒu de xiǎo tōu
失手的小偷。

dòng nǎo jīn
动脑筋

mù yáng rén tōu dào fēng mì le ma tā wèi shén me tōu fēng mì
牧羊人偷到蜂蜜了吗？它为什么偷蜂蜜？

xùn liàn
训 练

mù yáng rén shēng xìng yǎng fēng rén de xìng gé què hěn
牧羊人生性---------，养蜂人的性格却很-------。

sā huǎng de shǒu yì rén
撒谎的手艺人

原著:[古希腊]伊索

改编:于文

tiān shén zhòu sī chuàng zào le rén lèi ràng tā men zài dà dì shàngshēng huó rén
天神宙斯创造了人类,让他们在大地上生活。人

men píng jiè zhe zì jǐ de zhì huì
们凭借着自己的智慧

yǔ qín láo hù jìng hù
与勤劳,互敬互

ài tuán jié xié zuò shēng
爱,团结协作,生

huó yuè guò yuè hǎo zhòu
活越过越好。宙

sī kàn dào rén jiān yī tiān tiān de fù qiáng qǐ
斯看到人间一天天地富强起

lái kāi shǐ hài pà yǒu zhāo yī rì rén jiān huì biàn de xiàng tiān táng yī yàng nà shí
来,开始害怕有朝一日人间会变得像天堂一样,那时

jiù bú huì zài yǒu zì jǐ de wēi yán yǔ dì wèi
就不会再有自己的威严与地位。

yú shì tā jiù xiǎng fāng shè fǎ bǎ rén lèi kòng zhì zài yú mèi yě mán de zhuàng
于是他就想方设法把人类控制在愚昧、野蛮的状

tài yǐ shǐ zì jǐ néng gòu gāo gāo zài shàng jì xù zuò tā de tiān shén nà shí
态,以使自己能够高高在上,继续做他的天神。那时,

tuán jié wēi yán
团 结 威 严

人们纯朴、善良，没有欺骗、没有争斗。大家齐心协力进行着人类进步的事业。这是宙斯最恐惧的，一个人的力量是有限的，但是大家拧成一股绳，那力量可就大了。所以，宙斯想瓦解人类。宙斯观察了好久，发现人类之中，以手艺人接触的面最广，他们走街串巷，每天要和好多人打交道。那时，手艺人都很诚实，买卖公平，从不欺骗，大家都很信任他们，从来不用讨价还价。

于是宙斯就想出了一个恶毒的主意，他命令赫耳墨斯给手艺人撒上撒谎药，让他们去骗，使人类之间不再互相信任，以达到分化瓦解人类的目的。赫耳墨斯把药研制好，撒在每个手艺人身上。最后，只剩下皮匠，但

恐惧

接触

药却还剩下很多，他就端起研钵，全都扣在了皮匠身上。从此以后，手艺人全都撒谎，其中以皮匠最为严重。从此，人类不再相互信任，每个人都在防备着欺骗，又都在欺骗着别人，大地上变得混乱不堪，争斗此起彼伏，愈演愈烈。

　　我们面临的敌人其实是我们自己，大家应该团结起来，共同进步，把我们辉煌而伟大的事业推向高峰。

伊索寓言

动脑筋

是谁在手艺人身上撒下了撒谎的药。

训　练

那时人们----------没有---------没有---------。

99

luò tuó
骆 驼

原著:[古希腊]伊索

改编:于文

rén men duì shì wù de rèn shí dōu yǒu yī
人们对事物的认识,都有一
gè guò chéng tā shì yóu biǎo jí lǐ yóu
个过程,它是由表及里,由
qiǎn dào shēn de rén men dì yī cì
浅到深的。人们第一次
kàn dào luò tuó lì jí bèi tā de
看到骆驼,立即被它的
wài biǎo jīng hài le tā de shēn qū
外表惊骇了。它的身躯
rú shān yī yàng jù dà tā lóng qǐ
如山一样巨大,它隆起
de bèi xiàng liǎng zuò shān fēng tā gāo
的背像两座山峰,它高
gāo áng qǐ de tóu hǎo xiàng yào shēn xiàng tiān
高昂起的头好像要伸向天
wài rén men kàn luò tuó wán quán shì yī fù
外,人们看骆驼完全是一副
bù kě yī shì de yàng zi
不可一世的样子。

luò   tuó   wán   quán
骆 驼   完 全

当骆驼迈开四条长腿向人
们奔来，人们不禁惊慌
失措，被它吓得四
处逃散。但是，
人们与骆驼相处
久了，便渐渐发觉，
骆驼并不那么可怕。

骆驼总是迈着 缓缓的步子，一步步地走来走去。它总
是平静地生活着，温顺的性情
使人们和家禽家畜
不由自主地去
亲近它。于是，
人们打消了恐惧，
鼓起勇气去接近它。
过了一段时间，

伊索寓言

伊索寓言

rén men yào me wèi yī xiē shí wù gěi luò
人们要么喂一些食物给骆

tuó yào me wèi tā sòng qù yī diǎn
驼，要么为它送去一点

shuǐ luò tuó jìng jìng de chī shí
水。骆驼静静地吃食

wù hē shuǐ shí gèng shì wēn shùn
物，喝水时更是温顺。

jiē zhe rén men jiù gǎn shēn chū shǒu
接着人们就敢伸出手

qù mō mō tā huáng hè sè de cháng
去摸摸它黄褐色的长

róng máo wú lùn rén men zěn me mō
绒毛，无论人们怎么摸

tā tā zǒng shì hěn xùn fú jì bù míng jiào yě bù shāng rén
它，它总是很驯服，既不鸣叫，也不伤人。

rén men duì luò tuó de kǒng jù gǎn yuè lái yuè
人们对骆驼的恐惧感越来越

shǎo zuì hòu wán quán xiāo shī le tóng shí
少，最后完全消失了。同时，

rén men fā xiàn luò tuó yǒu xǔ duō yōu xiù
人们发现骆驼有许多优秀

de pǐn gé tā chī kǔ nài láo gàn
的品格：它吃苦耐劳，干

huó tā shí zhǐ xū yào shǎo liàng de
活踏实，只需要少量的

shí wù hé shuǐ cóng bù guò gāo de
食物和水，从不过高地

suǒ qǔ shén me tā shàn yú fù zhòng bú
索取什么，它善于负重，不

shí	wù		yōu	xiù
食	物		优	秀

pà fēng shā　　zuì shì yú shā mò zhōng xíng zǒu
怕风沙，最适于沙漠中行走。

cóng cǐ　　rén men xǐ huān shàng luò tuó　ràng tā zài shā mò zhōng lái lái wǎng wǎng de
　从此，人们喜欢上骆驼，让它在沙漠中来来往往地

yùn sòng huò wù　chēng tā wèi shā mò zhī zhōu　bìng jiāng tā kàn zuò shì zuì zhōng chéng de huǒ
运送货物，称它为沙漠之舟，并将它看作是最忠诚的伙

bàn
伴。

zhè gè gù shì shì shuō　　jiē jìn shì wù kě yǐ xiāo chú duì tā de kǒng jù　　bìng
　这个故事是说，接近事物可以消除对它的恐惧，并

zuì zhōng rèn shí tā
最终认识它。

dòng nǎo jīn
动脑筋

luò tuó shì rén lèi de péng yǒu ma　　rén men xǐ huān tā men ma
骆驼是人类的朋友吗？人们喜欢它们吗？

xùn　　liàn
训　练

luò tuó zǒng shì mài zhe　　　　de bù zi　yī bù bù zǒu lái zǒu qù
骆驼总是迈着--------的步子，一步步走来走去。

伊索寓言

伊索寓言

wū guī hé tù zi
乌龟和兔子

原著：[古希腊]伊索

改编：于文

　　yì nián yì dù de dòng wù yùn dòng huì lā kāi le wéi mù shī zi shì dà
　　一年一度的"动物运动会"拉开了帷幕。狮子是大
huì de zhǔ xí lǎo hǔ hé bào shì cái pàn xiǎo hóu zi men wéi chí zhe dà huì de zhì
会的主席，老虎和豹是裁判，小猴子们维持着大会的秩
xù zuì xī yǐn rén de yuè yě bǐ sài mǎ shàng jiù yào kāi shǐ le cān sài xuǎn shǒu shì
序。最吸引人的越野比赛马上就要开始了，参赛选手是
tù zi hé wū guī
兔子和乌龟。

tù zi shì bèi kàn hǎo de yī hào zhǒng zi xuǎn shǒu tā
兔子是被看好的一号种子选手，它
shēn shǒu mǐn jié shì gè tiān shēng de yùn dòng jiàn
身手敏捷，是个天生的运动健
jiāng zài rè liè de yīn yuè shēng
将。在热烈的音乐声
zhōng yùn dòng yuán chū chǎng le
中，运动员出场了。
tù zi áng tóu tǐng xiōng de zǒu dào qǐ
兔子昂头挺胸地走到起
pǎo xiàn páng xiàng guān zhòng men huī huī shǒu
跑线旁，向观众们挥挥手，

xī　　yǐn
吸　引

mǐn　　jié
敏　捷

顿时引起观众们一片掌声。它活动着四肢，样子十分专业。"这次冠军一定是兔子的。"动物们议论着。兔子听见了，点头对它们的说法表示赞同。

赛前准备一切就绪，但是，却不见乌龟的踪影。大家猜测："该不是乌龟心虚，退出比赛了吧。"就在这时，树上的小猴手指远方叫了起来，看，乌龟正向这边爬呢。

乌龟在大家的注目礼下进入赛场，它礼貌地向大会的主席和裁判以及观众们打了招呼，走到起点旁，对兔子友好地点点头。兔子却高傲地抬起了下巴。

比赛在一声令下开始了。兔子飞一般地冲出起跑线，三下两下就消失在人们的视野之中。乌龟则拖着

 zàn
 tóng
 赞 同

 lǐ
 mào
 礼 貌

重重的壳，慢慢地向前爬去。兔子跑到树旁，回头一看，哪里还有乌龟的影子。

温暖的阳光照在身上真是舒服。兔子在树下躺了下来，心想："我先睡一觉，等等那个乌龟。"乌龟一直往前爬，毫不停歇。他爬到树下，看见兔子正睡得香甜，便从兔子身旁爬了过去，向终点进军。等到兔子醒来时，没有看见乌龟，以为乌龟还没赶上呢，轻松地跑向终点。没想到，乌龟已经抢先一步到达，夺取了胜利的

伊索寓言

wēn	nuǎn		zhōng	diǎn
温	暖		终	点

jiǎng bēi　　tù zi　ào sàng jí le
奖杯。兔子懊丧极了。

dà huì zhǔ xí shī zi wèi wū guī dài shàng le jiǎng
大会主席狮子为乌龟戴上了奖

zhāng　wū guī xīn wèi de xiào le　zhè gè gù shì
章，乌龟欣慰地笑了。这个故事

shì shuō　bú yào zhàng zhe zì jǐ de yōu shì ér
是说，不要仗着自己的优势而

jiāo ào　zì xìn shì chénggōng de jī shí　zì
骄傲，自信是成功的基石，自

ào què shì shī bài de qián zòu　ér fèn fā tú
傲却是失败的前奏，而奋发图

qiáng wǎng wǎng shèng guò shì cái zì mǎn
强往往胜过恃才自满。

伊索寓言

dòng nǎo jīn
动脑筋

shuí qǔ dé le bǐ sài de shèng lì
谁取得了比赛的胜利？

xùn　　liàn
训　练

bú yào zhàng zhe zì jǐ de yōu shì ér
不要仗着自己的优势而----------。

xiǎo mǎ jū de chéngnuò
小马驹的承诺

原著:[古希腊]伊索

改编:于文

yī gè nóng mín zhòng le jǐ mǔ shān pō dì hái yǎng le yī tóu
一个农民种了几亩山坡地,还养了一头

niú hé yī pǐ mǎ rì zi guò de bú fù yù kě yě
牛和一匹马,日子过得不富裕,可也

bù chóu chī chuān
不愁吃穿。

zhè yī nián hū rán zāo le zāi xiān
这一年忽然遭了灾,先

shì yī gè xià tiān méi diào yī
是一个夏天没掉一

dī yǔ diǎn dào le qiū
滴雨点。到了秋

tiān yī lián xià le shí jǐ tiān
天,一连下了十几天

yǔ yī zhí xià de gōu mǎn háo píng hé shuǐ dǒu
雨,一直下得沟满壕平,河水陡

zhǎng jǐ de nóng mín yǎng tiān cháng tàn nóng mín jiāng dì lǐ de
长,急得农民仰天长叹。农民将地里的

liáng shí shōu shí huí jiā miǎn qiáng de guò le yī gè dōng tiān
粮食收拾回家,勉强地过了一个冬天。

fù yù liáng shí
富 裕 粮 食

108

到了春天，农民却因没有粮种下地，发起愁来。万不得已，他向远方的商人亲戚借了几枚金币购买粮种。

临走时，农民向商人保证，一年后卖掉粮食，归还债务。

一年过去了，商人等待农民来还钱，可是始终不见农民的影子。商人有些生气了，他步行数百里，去找农民讨债。

农民见商人很不高兴，当然明白是怎么回事，立刻恭恭敬敬地将商人请进屋里，打来清水，请商人洗澡，然后为商人准备好奶酪和葡萄酒。

喝酒的时候，农民长长叹了口气说："去年的粮食

伊索寓言

děng dài
等 待

tǎo zhài
讨 债

伊索寓言

dào shì fēng shōu le kě zǒng shì mài bú shàng hǎo jià qián
倒是丰收了，可总是卖不上好价钱，

qiàn nín de qián shǐ zhōng méi néng còu gòu hài de
欠您的钱始终没能凑够，害得

nín pǎo yī tàng zhēn bù hǎo yì sī
您跑一趟真不好意思。"

shāng rén shuō nǐ shí
商人说："你实

zài méi yǒu wǒ bù néng bī
在没有，我不能逼

nǐ yǒu duō shǎo huán duō shǎo
你，有多少，还多少

bā nóng mín shuō zhè yàng
吧。"农民说："这样

bā wǒ huán yī bù fēn qián bù zú de bù fēn wǒ yòng nà pī mǔ mǎ dǐ zhài shāng
吧，我还一部分钱，不足的部分我用那匹母马抵债。"商

rén jiàn nóng mín tài dù hěn jiān jué biàn tóng yì le nóng mín de yì jiàn
人见农民态度很坚决，便同意了农民的意见。

dì èr tiān shāng rén
第二天，商人

dài shàng qián qí shàng mǔ mǎ
带上钱，骑上母马

gǎn huí le jiā zhōng zǒu dào
赶回了家中。走到

bàn lù mǔ mǎ shēng le yī pī
半路，母马生了一匹

xiǎo mǎ jū shāng rén dà wéi gāo xìng
小马驹。商人大为高兴，

 bù fēn
部 分

 tài dù
态 度

110

lè diān diān de qí mǎ wǎng jiā jí bēn xiǎo
乐颠颠地骑马往家疾奔。小

mǎ jū jiǎo lì tài ruò bèi yuǎn yuǎn pāo zài hòu
马驹脚力太弱，被远远抛在后

miàn
面。

tā pīn mìng xiàng qián zhuī gǎn dàn hái
它拼命向前追赶，但还

shì yuè zhuī yuè yuǎn tā jí de dà
是越追越远。它急得大

jiào jìng ài de zhǔ rén
叫："敬爱的主人，

bié pāo xià wǒ wǒ zhǎng
别抛下我，我长

dà le yī dìng zhòng zhòng bào
大了一定重重报

dá nín shāng rén yǐn yǐn
答您。"商人隐隐

tīng dào xiǎo mǎ de jiào
听到小马的叫

hǎn zhōng yú tíng le xià lái
喊，终于停了下来。

dài xiǎo mǎ zǒu jìn shí tā jiāng xiǎo mǎ bào qǐ lái yī tóng fǎn huí jiā zhōng
待小马走近时，他将小马抱起来，一同返回家中。

shí jǐ nián guò qù le lǎo mǔ mǎ yǐ jīng sǐ diào xiǎo mǎ jū chéng le yī pī yīng jùn
十几年过去了，老母马已经死掉，小马驹成了一匹英骏

de liáng jū yī tiān shāng rén qí zhe liáng jū jīng guò yī piàn cǎo chǎng tā jué dé kùn
的良驹。一天商人骑着良驹经过一片草场，他觉得困

juàn tiào xià mǎ zài cǎo dì shàng shuì zháo le
倦，跳下马，在草地上睡着了。

bào dá kùn juàn
报 答　　困 倦

当他醒来时，却吃惊地发现周围的草湿漉漉的，马已累死了。湿草四周却是一片焦土。他马上明白了，刚才草原起了火，是良驹救了他的命。

故事告诉人们：帮助过别人，别人才能给予回报。

动脑筋

小马最后死了吗？它是匹好马吗？

训练

农民--------地将商人请进屋里。

xiǎo tōu hé tā de mǔ qīn
小偷和他的母亲

原著:[古希腊]伊索

改编:于文

yǒu gè xiǎo hái zì yòu shǒu
有个小孩自幼手
jiǎo jiù bú dà gān jìng zhè gè
脚就不大干净,这个
hái zi dào xué xiào dú shū le
孩子到学校读书了。
yī tiān tā fàng xué huí jiā
一天,他放学回家
shí shū bāo lǐ yòu duō le yī
时,书包里又多了一
kuài xiě zì bǎn tā mǔ qīn
块写字板。他母亲

wèn tā ér zi yā zhè shì cóng nǎ lǐ lái de xiě zì bǎn ne hái zi duì
问他:"儿子呀,这是从哪里来的写字板呢?"孩子对
mǔ qīn shuō ā nà shì wǒ chèn yī gè tóng xué bú zhù yì shí tōu tōu de ná
母亲说:"啊,那是我趁一个同学不注意时,偷偷地拿
lái fàng dào shū bāo lǐ de mǔ qīn gāo xìng de kuā jiǎng hái zi shuō kàn kàn wǒ
来放到书包里的。"母亲高兴地夸奖孩子说:"看看,我
de ér zi yǒu duō me cōng míng zhī dào wèi zì jǐ zhǎo dōng xī le ér zi yǒu le
的儿子有多么聪明,知道为自己找东西了。儿子,有了

tóng xué
同学

cōng míng
聪明

两块写字板，就比只有
一块好。"

不久，孩子带回
了一件皮外套，那
皮外套确实是上等
货，光光亮亮的，用

手一摸，仿佛是中国丝绸那样柔软的感觉。孩子将皮外
套递给母亲，母亲乐得合不拢嘴，乐哈哈地说："我的好
孩子，你真的越来越有出息了，你一定能做出惊天动地
的大事来。"

孩子偷回的皮外套，第二天就被母亲带到市场上
换成了金币，买来面包、葡萄酒、烤乳猪、熏红肠，好好
地慰劳了儿子一番。

几年过去了，孩子一天天长大了，偷的东西也越来
越大，今天是一头牛，明天是一匹马。过些天，是珍宝、

gǎn jué
感 觉

wèi láo
慰 劳

金银，再过些天，是宫廷里的奇花异草。他的母亲，每天都忙着藏东西，而且还不时地对他说："儿子啊，我们家里又缺金首饰了，快找来些吧！"要不了几天，金首饰便到了家里。

做贼没有总也不落网的。有一回，他正在行窃时，被当场捉住。由于偷了许许多多东西，法官便判他死刑。这一天，他被刽子手押到了刑场上。法官在刑场上宣判说："此人一贯偷盗成性，现在判处死刑，立即砍头。"母亲跟在后面捶胸痛哭，这时，他要求和母亲贴耳说几句话。

母亲走上前去，他一张嘴狠狠地咬下了母亲的耳

xíng chǎng
刑 场

yāo qiú
要 求

伊索寓言

duǒ mǔ qīn lì jí mà dào nǐ zhè gè bù xiào zǐ
朵。母亲立即骂道:"你这个不孝子,

jìng rán zhè yàng duì dài shēng nǐ yǎng nǐ de mǔ qīn nǐ
竟然这样对待生你养你的母亲。你

fàn le zuì hái bú gòu hái yào jiāng mǔ qīn nòng
犯了罪还不够,还要将母亲弄

chéng cán jí tā duì mǔ qīn shuō dāng
成残疾。"他对母亲说:"当

wǒ xiǎo shí hòu tōu xiě zì bǎn jiāo gěi nǐ de
我小时候偷写字板交给你的

shí hòu rú guǒ nǐ hèn hèn de dǎ wǒ yī
时候,如果你狠狠地打我一

dùn wǒ xiàn zài jiù bú huì bèi rén yā zhe chǔ sǐ le
顿,我现在就不会被人押着处死了。"

zhè gè gù shì shì shuō xiǎo guò dāng chū bù chéng jiè bì rán jiāng lái fàn dà shì
这个故事是说,小过当初不惩戒,必然将来犯大事。

dòng nǎo jīn
动脑筋

xiǎo tōu wèi shén me yǎo xià le tā mǔ qīn de ěr duǒ
小偷为什么咬下了他母亲的耳朵?

xùn liàn
训 练

zhè gè gù shì gào sù wǒ men xiǎo guò dāng chū bù bì rán jiāng
这个故事告诉我们小过当初不-------必然将

lái fàn dà shì
来犯大事。

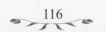

yī shēng hé bìng rén
医生和病人

原著:[古希腊]伊索

改编:于文

yī shēng shì zhì bìng jiù mìng　ràng rén bǎi tuō bèi
医生是治病救命，让人摆脱被

jí bìng kùn rǎo de rén　nà xiē yī shù gāo míng
疾病困扰的人。那些医术高明

de yī shēng　tā men jīng yú zhěn duàn　duì zhèng
的医生，他们精于诊断，对症

xià yào　měi měi néng zuò dào shǒu dào bìng chú
下药，每每能做到手到病除。

wèi le néng yǒu gāo míng de yī
为了能有高明的医

shù　yī shēng men dōu yè yǐ jì rì
术，医生们都夜以继日

de kè kǔ xué xí　rèn zhēn zuān
地刻苦学习，认真钻

yán　dàn bú shì suǒ yǒu de yī
研。但不是所有的医

shēng dōu shì zhè yàng　hái yǒu lìng wài yī zhǒng yī shēng
生都是这样，还有另外一种医生。

yǒu zhè yàng yī wèi bìng rén　tā shì jiǔ rú mìng　tā měi tiān zǎo shàng zhēng kāi
有这样一位病人，他嗜酒如命。他每天早上睁开

bǎi　　　　tuō

摆　脱　　　　kè　　kǔ

刻　苦

眼睛醒来的第一件事就是喝酒。他睡眼惺忪，脸还没洗，拿起酒杯，一杯、一杯开始往肚里喝了。喝到中午，是吃饭的时候了，酒已没了，他连饭也不吃，起身去买酒。买回酒，他依然喝个不停，直到醉成了一滩烂泥……天天如此，没有一天间断过。

终于，这个人一病不起，他的肝被酒彻底毒坏了。家人请来一位医生为病人治疗，医生敲敲病人肿大的肚子，敲起来如同鼓一样，咚咚作响。给病人吃什么药呢？医生拿不准，该不该

伊索寓言

依 然　　治 疗

gěi bìng rén guàn guàn cháng ne　yī shēng yě ná bù zhǔn
给病人灌灌肠呢？医生也拿不准，

jiǔ zǒng gāi bú ràng bìng rén hē
酒总该不让病人喝

bā　yī shēng hái shì ná
吧？医生还是拿

bù zhǔn　bìng rén
不准，病人

jiǔ zhào yàng hē
酒照样喝。

méi yǒu yào gěi bìng
没有药给病

rén chī　jiù lián cháng
人吃，就连肠

yě méi yǒu gěi bìng rén guàn
也没有给病人灌。

yī gè yuè guò qù le　bìng rén yī tiān bù rú yī tiān　rén hēi chéng le tiě de
一个月过去了，病人一天不如一天，人黑成了铁的

yán sè　shòu chéng le yī bǎ gān chái　ér dù zi què yī tiān dà sì yī tiān　zhè yī
颜色，瘦成了一把干柴，而肚子却一天大似一天。这一

tiān　yī shēng yòu lái kàn bìng rén　jìn mén hòu gāng bǎ yào bāo fàng xià　nà bìng rén jiù
天，医生又来看病人，进门后刚把药包放下，那病人就

duàn qì le　jiā lǐ rén kū chéng yī tuán
断气了，家里人哭成一团。

yī shēng duì rén men shuō　zhè gè rén rú guǒ jiè le jiǔ　jiù bú huì sǐ le
医生对人们说："这个人如果戒了酒，就不会死了。

bù　rú guǒ bú jiè jiǔ　yào shì guàn le cháng yě jiù bú huì sǐ le　rén men tīng
不，如果不戒酒，要是灌了肠也就不会死了。"人们听

le yī shēng de huà dōu gǎn dào mò míng qí miào　yú shì　yī gè rén duì yī shēng shuō
了医生的话都感到莫明其妙。于是，一个人对医生说：

yán　　sè
颜 色

yī　　shēng
医 生

伊索寓言

"高明的医生，你不该现在来说这些话，现在说已经没有用了，你应该在病人用得着的时候规劝他。"

这个故事是说，朋友有困难，应及时帮助；事情已经绝望了，就不要再说空话。

动脑筋

病人最后因为喝酒死了吗？他听医生的话了吗？

训练

医生是------救命，让人摆脱-------并------的人。

zhòng cài rén
种 菜 人

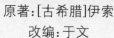

原著:[古希腊]伊索

改编:于文

伊索寓言

zài yī zuò dà chéng shì de jiāo wài   yǒu yī kuài fēi cháng féi wò de tián yuán   yī
在一座大城市的郊外，有一块非常肥沃的田园。一

wèi zhòng cài rén zài zhè lǐ zhòng zhí shū cài   zhè wèi zhòng cài rén cōng míng yòu qín láo
位种菜人在这里种植蔬菜。这位种菜人聪明又勤劳。

zhòng cài rén bù dàn jiāng běn dì de gè zhǒng shū cài dōu zhòng zài   zì jǐ de cài yuán zhōng
种菜人不但将本地的各种蔬菜都种在自己的菜园中，

hái jiāng wài dì   yǐ zhì wài guó de shū cài
还将外地，以至外国的蔬菜

yǐn jìn lái   zhòng zài zì jǐ de cài
引进来，种在自己的菜

yuán zhōng
园中。

zhòng cài rén de cài
种菜人的菜

yuán zhōng yǒu zhōng guó de dà
园中有中国的大

bái cài   mò xī gē de
白菜，墨西哥的

mǎ líng shǔ   hái yǒu é
马铃薯，还有俄

shū   cài
蔬   菜

zì   jǐ
自   己

121

伊索寓言

罗斯的圆白菜，更有荷兰豆，西芹等等。每天，天还未亮他就起床，为满园的蔬菜松土，施肥，除害虫。

天很晚了，种菜人也不肯离开。因为，天黑以后，常常有野兽闯进菜园。如狗熊爱吃那里的玉米，兔子要吃园里的胡萝卜，而老鼠可就见到什么吃什么。种菜人在园子里要守到那些动物都等得不耐烦去睡觉时才离去。

园子里的各种蔬菜长得真好看，紫色的是

chú hài
除 害

dòng wù
动 物

qié zi
茄子，红色的是柿子，长长的是黄瓜。扁扁的是豆角，

gāo jià shàng yǒu hú lú yǐ jīng kāi huā de shì mǎ líng shǔ yī dào shōu huò de
高架上有葫芦，已经开花的是马铃薯……一到收获的

jì jié yī chē chē de xīn xiān shū cài dōu bèi yùn jìn chéng qù
季节，一车车的新鲜蔬菜都被运进城去。

yú shì jiā jiā de cān zhuō shàng biàn piāo qǐ le cài xiāng shū cài wèi zhòng cài
于是，家家的餐桌上便飘起了菜香。蔬菜为种菜

rén dài lái le fēng hòu de huí bào yī méi méi jīn bì xiàng liú shuǐ sì de gǔn dào le
人带来了丰厚的回报，一枚枚金币像流水似地滚到了

tā de jiā zhōng zhòng cài rén yòng zhè xiē qián gài qǐ le gāo dà de lóu fáng ràng zì
他的家中。种菜人用这些钱盖起了高大的楼房，让自

jǐ de hái zi men dào chéng lǐ qù dú shū tā hái wèi lǎo bàn ér mǎi lái le gè zhǒng
己的孩子们到城里去读书，他还为老伴儿买来了各种

shǒu shì dàn shì zhòng cài rén shén me
首饰。但是，种菜人什么

yě bú wèi zì jǐ mǎi tā zhǐ
也不为自己买，他只

shì yī xīn yī yì de zhòng cài
是一心一意地种菜。

chūn tiān zhòng cài rén
春天，种菜人

qiān zhe niú jiāng dì lí hǎo
牵着牛将地犁好，

zài dì lǐ bō xià zhǒng zi xià
在地里播下种子；夏

tiān lǐ tā wèi zhǎng chū de cài
天里，他为长出的菜

miáo jiāo shuǐ chú chóng qiū tiān lái
苗浇水、除虫；秋天来

伊索寓言

了,他将菜收割下来,卖给城里

人;到了冬天,他又要

收藏好各种菜的种子,

以便明年再种。暑往

寒来,一年四季都是他忙

碌的时刻。偶有闲着,种菜

人就找些书来读一读。所以他明白许多道理,谁家有了

什么事情,也都愿意找他来帮忙。

　　比如,约翰家有信来了,请种菜人帮着读一读;肯

特家要为儿子起个名

字,也找他来当参

谋。就是有人要

打官司告状,也都

要他给写上一份状

子。在人们的眼里,

伊索寓言

yuàn　　yì
愿　意

cān　　móu
参　谋

124

zhòng cài rén jiù shì tā men zhōng jiān de dà néng
种菜人就是他们中间的大能
rén
人。

yǒu yī tiān yī gè rén wèn
有一天，一个人问
zhòng cài rén qǐng wèn yě shēng de
种菜人："请问，野生的
cài wèi shén me shí fēn zhuózhuàng ér nǐ
菜为什么十分茁壮，而你
zhòng de cài dōu bù rú tā ne zhòng
种的菜都不如它呢？"种
cài rén huí dá shuō dà dì shì yě shēng
菜人回答说："大地是野生
cài de qīn niáng shì yuánzhōng cài de jì mǔ suǒ yǐ bù tóng
菜的亲娘，是园中菜的继母，所以不同。"

dòng nǎo jīn
动脑筋

zhòng cài rén shì gè hǎo rén ma tā zhòng de cài hǎo ma
种菜人是个好人吗？他种的菜好吗？

xùn liàn
训　练

yuán zi de shū cài yǒu de qié zi de shì zi
园子的蔬菜有--------的茄子，--------的柿子，-
de huáng guā de dòu jiǎo
----------的黄瓜，--------的豆角。

伊索寓言

125

原著：[古希腊]伊索

改编：于文

zhuō xī shuài de xiǎo hái
捉蟋蟀的小孩

夏天，是孩子们最快乐的季节。在整个夏天中，他们每天除了睡觉，就是玩呀，玩呀。有的孩子去河里捕鱼、捞虾，在没膝深的水中不肯出来。小鱼在两腿间钻来钻去，小虾从脚旁爬过，一只手就能捉到。有的孩子去沼泽里捕青蛙，他们张开大大的网子，一会儿，就能捕到许多。最有趣的是捕鸟儿，但要学到捕鸟儿的本

kuài lè
快 乐

shuì jiào
睡 觉

领后才能去。一旦成功了，那就会有
很大收获，什么冠雀啦、大鸦啦、
鸽子啦都会成为俘虏。有个
孩子却不去做那些，他喜
欢独自在墙根下捉蟋蟀。

这一天，他又来到墙根
下，发现有蟋蟀，他就伸出两
只小手，轻轻地扑到地上。不一会儿，他就捉到了许多
蟋蟀放到小罐里，准备带回家去与别的小孩换小鱼、小
鸟儿。当他又掀起一块断砖时，看
到一只怪怪的蟋蟀。他想，
这一定是一只非常特殊
的蟋蟀，要是将它捉住，
一定能换到一只大鸦，
想着，他伸出两手就要

伊索寓言

zhǔn bèi
准 备

tè shū
特 殊

去扑。其实,那是一只大蝎子。这时,蝎子举起毒钩对小孩说:"喂,小家伙,如果你愿意将你捉到的蟋蟀都丢掉,那你就来捉我吧!"小孩听了蝎子的话,立刻缩回了手。

这个故事告诫我们,对好人和坏人,不可用同样的办法对付。

动脑筋

小孩最后捉到了那只大蝎子吗?

训 练

他喜欢独自在--------------下捉蟋蟀。

128

zuò kè de gǒu
做客的狗

原著：[古希腊]伊索

改编：于文

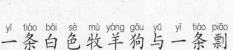

一条白色牧羊狗与一条剽
悍威猛的黑狗交上
了朋友。有一
次，白狗保护着
羊群在草地吃草，
一头饿狼来袭击羊群。
白狗立即扑上去与狼搏斗。

狼体壮强大，很快占了上风，白狗
急得大叫，黑狗听到叫声，知道情况紧急，飞跑过来为
白狗助战。黑狗剽悍凶猛，伶俐得像豹子，狼见不能取

伊索寓言

wēi　　měng
威　　猛

líng　　lì
伶　　俐

伊索寓言

胜，转身逃走。

白狗感激地对

黑狗说："真

该好好谢谢你，有

机会我一定要重重地报

答你。"黑狗说："这没什么，见到朋友受难不予帮助，还

算什么朋友呢。"

白狗每次出门，黑狗都悄悄尾随在后面，一边暗中

护卫白狗，一边干自己的事情。黑狗常捕野兔与白狗一

道分享。

日子久

了，白狗觉

得过意不去，

也想打只野

兔，宴请黑狗。

 感 激　　　 宴 请

gǎn jī　　yàn qǐng

有一次，白狗发现一只野兔跑来，白狗连想都没想，迎着野兔飞跑过去，它没想到，野兔的背后竟是一头令它胆寒的豹子。

豹子发现白狗，向它扑来，白狗惊叫着拼命逃跑。黑狗发现了豹子，毫不畏惧地冲过去与豹子咬起来。

豹子从来没见过这样敢于拼命的狗，咬来咬去，黑狗负了伤，豹子也被咬得血流不止，只好撤出战斗。白狗很不过意地说："又是

pīn mìng
拼 命

zhàn dòu
战 斗

伊索寓言

伊索寓言

nǐ jiù le wǒ de mìng
你救了我的命，
zhēn bù zhī dào zěn me
真不知道怎么
gǎn xiè nǐ　　hēi gǒu
感谢你。"黑狗
yáo yáo wěi bā　biǎo
摇摇尾巴，表
shì bú bì jiè yì
示不必介意。

guò le jǐ tiān　bái gǒu de zhǔ rén
过了几天，白狗的主人
jiā dà yàn bīn kè cǎi bàn le dà liàng jī yā yú ròu bái gǒu xiǎng dào le hēi gǒu
家大宴宾客，采办了大量鸡鸭鱼肉，白狗想到了黑狗，
lì jí yāo qǐng hēi gǒu lái fù yàn hēi gǒu tīng shuō fù yàn gāo xìng de lái dào bái gǒu
立即邀请黑狗来赴宴。黑狗听说赴宴，高兴地来到白狗
de zhǔ rén jiā　　kè rén gāng gāng rù
的主人家。客人刚刚入
xí dì xià méi yǒu rēng gǔ tóu
席，地下没有扔骨头。

bái gǒu zài yī páng jiāo jí
白狗在一旁焦急
de děng dài　hēi gǒu bú gòu chén
地等待。黑狗不够沉
zhuó xún zhe xiāng wèi liū jìn chú
着，寻着香味溜进厨
fáng　wéi zhe chú shī yáo zhe
房。围着厨师，摇着
wěi bā zhuàn gè bù tíng chú shī
尾巴转个不停。厨师

lì　　jí

立　即

jiāo　　jí

焦　急

气坏了，抓起狗腿从窗子扔了出去。黑狗被摔得不轻，走路摇摇晃晃。

路上，别的狗问起赴宴的事，黑狗顾全面子，说是喝醉了酒，别的狗走过来嗅一嗅，却闻不到酒味，立刻嘲笑说："别吹牛了，连酒味都没有，你怎么喝醉的呀！"黑狗的谎话被揭穿，灰溜溜地回家了。

故事是说：虚荣不仅没有任何意义，有时还会出丑，诚实是最好的自尊。

动脑筋

黑狗说谎了吗？它为什么说谎？

训练

黑狗----------尾随在白狗后面暗中保护它。

伊索寓言

站在屋顶上的小山羊
zhàn zài wū dǐngshàng de xiǎoshānyáng

原著:[古希腊]伊索

改编:于文

在一片肥沃的牧场中,生活着一只聪明的小山羊,它整日蹦蹦跳跳地,十分快乐。小山羊每天随着羊群来到牧场,吃鲜嫩的青草,欣赏迷人的景色。

小山羊十分迷恋这里的一切,常常最后一个离开,被羊群甩在后面,独自一个人回家。它的爸爸、妈妈告诫它说:"山里有大灰狼,专门吃小山羊,你总是一个人落在羊群的后

生 活
shēng huó

总 是
zǒng shì

面，太危险了，下次一定要跟上队伍，不能单独行动。"小山羊嘴里答应着，可是仍然常常落在最后，天黑了才回到家。

有一天，小山羊又一个人落在队伍的后面，忽然，从路旁窜出一只大灰狼，向小山羊扑来。小山羊吓得撒腿就跑，仗着距离羊群不远，又熟悉地形，才勉强逃脱大灰狼的魔爪。回到家，小山羊平定一下惊慌的心神，想道："如果不除掉这只可恶的大灰狼，早晚要危害到我们羊群的安全，得想一个办

伊索寓言

hū	rán		jīng	huāng
忽	然		惊	慌

伊索寓言

法，把它消灭。"

小山羊经过几天的观察，决定在路边一个猎人搭建的房子边设下一个陷阱，引诱大灰狼上钩，然后除掉它。

于是，小山羊就在房子的前边挖了一个深坑，上面用树枝搭起一个盖子，树枝上撒上一些浮土。在深坑和房子中间，架上一个梯子，顺着它可以爬上房顶。

做好了这些工作，小山羊每天都走在队伍的最后面，假装东张西望，引大灰狼上钩。

终于有一天，大灰

xiàn jǐng 陷阱　　yǐn yòu 引诱

136

伊索寓言

láng yòu dīng shàng le xiǎo shān yáng
狼又盯上了小山羊，

zài xiǎo shān yáng de hòu miàn jǐn jǐn
在小山羊的后面紧紧

zhuī gǎn xiǎo shān yáng kuài bù pǎo
追赶。小山羊快步跑

dào le liè rén de fáng zi qián
到了猎人的房子前

tóu rào guò le shēn kēng shùn
头，绕过了深坑，顺

zhe tī zi shàng le fáng
着梯子上了房。

dà huī láng kàn dào xiǎo
大灰狼看到小

shān yáng shàng le liè rén de fáng
山羊上了猎人的房

dǐng chí yí le yī xià bù
顶，迟疑了一下，不

gǎn zài zhuī zhè shí xiǎo shān
敢再追。这时，小山

yáng zài fáng dǐng shàng rǔ mà tā
羊在房顶上辱骂它：

dà huī láng nǐ zhēn bú yào liǎn zhuān mén yǐ cán hài bié rén wéi shēng nǐ shì sēn
"大灰狼，你真不要脸，专门以残害别人为生，你是森

lín zhōng de bài lèi wǒ men dōu hèn nǐ
林中的败类！我们都恨你！"

dà huī láng bèi xiǎo shān yáng mà de wú dì zì róng biàn bú gù yī qiè de xiàng
大灰狼被小山羊骂得无地自容，便不顾一切地向

tī zi chōng qù zhǐ tīng pū tōng yī shēng dà huī láng diào jìn le shēn kēng zài yě
梯子冲去，只听"扑通"一声，大灰狼掉进了深坑，再也

chí yí

迟 疑

bài lèi

败 类

上不来了。晚上，猎人回来打死了大
灰狼。大灰狼临死前说：
"战胜我的不是小山羊，而
是这可恶的地势。"
　　这个故事告诉我们，
利用好天时、地利，往往
能给人以力量去反抗强者。

动脑筋

狼最后是被小山羊打死的吗？

训　练

小山羊每天到牧场，吃鲜嫩的------欣赏迷人
的--------。

huáng dì de xīn zhuāng
皇帝的新装

原著：[古希腊]伊索

改编：于文

伊索寓言

xǔ duō nián yǐ qián yǒu yí wèi fēi cháng xǐ huān chuān piào liàng yī fú de huáng dì
许多年以前，有一位非常喜欢穿漂亮衣服的皇帝。

wèi le néng chuān de piào liàng zhè wèi huáng dì bǎ suǒ yǒu de qián dōu huā zài le yī fú
为了能穿得漂亮，这位皇帝把所有的钱都花在了衣服

shàng miàn yīn cǐ tā bú qù guān xīn jūn duì yě
上面，因此，他不去关心军队，也

bú dào jù yuàn lǐ qù kàn xì tā yě bù xǐ
不到剧院里去看戏。他也不喜

huān chéng zhe mǎ chē dào gōng yuán lǐ qù dàn yě
欢乘着马车到公园里去，但也

yǒu lì wài nà jiù shì tā yào xiǎn shì zì jǐ
有例外，那就是他要显示自己

de xīn yī fú shí gōng yuán jiù chéng le tā
的新衣服时，公园就成了他

zuì ài qù de dì fāng huáng dì měi tiān měi
最爱去的地方。皇帝每天每

gè xiǎo shí dōu yào huàn yí jiàn xīn yī fú chuān
个小时都要换一件新衣服穿。

zài bié de guó jiā yǒu rén wèn dào huáng dì
在别的国家，有人问到皇帝

jù yuàn
剧 院

xiǎn shì
显 示

伊索寓言

时，人们总是说："皇上在会议室里。"但是在这个国家，人们提到皇帝，都这样说："皇上在更衣室里。"在这位皇帝住的这座大城市里，每天都有许多外国人到来，因为在这里生活很轻松、很愉快。

有一天，城里来了两个自称是织工的骗子，他们是因为知道这个皇帝有爱穿漂亮衣服的嗜好，才来到这里。两个骗子说，他们能织出谁也想象不出的美丽的布匹。这种布有非常漂亮的颜色和图案，如果用它制作衣服，有一种十分奇特的作用，那就是可以辨别出谁是不称职的人或愚蠢的人，因为这两

qīng	sōng		tú	àn
轻	松		图	案

种人是看不到这种衣服的。两个骗子的话让皇帝听了

万分高兴，心想：这正是我

最喜欢的衣服，我穿上这种

衣服，就能看出王国里谁不

称职，谁是傻子了。那样我就

去重用称职和聪明的人。

"你们快点把这种颜色、图

案都有，又有奇特作用的布织

出来，给我做件衣服。"皇帝

一声令下，两个骗子大笔大

笔的金钱便到手了。于是，两个骗子开始工作了。他

们摆出两架织布机，开始"织"起布来。可是，当人们

路过他们工作的地方，偷偷地看一看那两架织布机，却

看不到一丝布，可谁也不愿做傻子，也就不去说了。两

位骗子卖力地干着，经常要求皇帝给他们最好的生丝，

伊索寓言

chèn zhí
称 职

zhī bù
织 布

伊索寓言

大量的金子,他们把这些都装进了自己的腰包。每天,他们都在这两架空织布机上忙到深夜。皇帝决定先派一个人去看看。

全城的人都听说过这布料有一种神奇的力量,所以大家都想趁此机会来看看别人究竟有多愚蠢。"我要派最诚实的老大臣到那里去看看",皇帝想,"也许只有他能看出布料是什么样子,因为他很有头脑,而且谁也没有他那么称职"。

接受了皇帝的命令,老大臣便来到了两个骗子工作的地方。他一看,两个骗子正在忙碌地工作着,以至衣服都被汗水湿透了。"这是怎么回事?"老大臣不解地

愚 蠢　　湿 透

思考着，把眼睛瞪得大大的。"我什么也没有看到啊！"
可是他不敢把这句话说出来。那两个骗子看出了老大
臣的心思，便让他走近织机，问他："您看这花纹美丽
吗？色彩是不是很漂亮？"他们指着什么都没有的织
机，问得老大臣眼睛越瞪越大，可仍然没有看到半点东
西。因为那上面确实是什么也没有。

　　"我的上帝啊！"老大臣想，"难道我是一个愚蠢的
人吗？难道我不称职吗？不，我不能让人知道我看不见
布料。""呐，老

大臣，你对布料

一点意见也没

有吗？"骗子

说。"啊，美

丽极了，你看

这图案不是无比

què shí
确 实

bù liào

布 料

伊索寓言

的美妙吗！"老大臣说着，掏出眼镜戴

上，装做格外仔细地看着，然

后又歪起头欣赏着，接

着说："多美的花纹，多

美的色彩，是的，我会

呈报国王说，我对

这布料感到非常

满意。""嗯，我们

听到您的话非常满

意，真是高兴极了。"骗子们几乎是异口同声地说。

接着他们又把这些稀有的花纹、难得的颜色描述

了一番，又加上了许多新名词。老大臣非常细心地听

着，以便回到宫中，向皇帝汇报时照样背出来，这样事

情不就好办了吗！不几天，两个骗子又要了更多钱和

生丝，说这是为了织布的需要。他们把这些全都装进

欣 赏

描 述

丽的花纹、多么鲜艳的色泽！"

两位诚实的大臣指着空空

的织机对皇帝说得津津

有味。

"这是怎么回事

呢？"皇帝心想，"我

怎么什么都看不到

呢？这可太荒唐了，难

道我是一个愚蠢的人吗？难道我不配做皇帝吗？这可是

我有生以来遇到的最不可思议的事情。"想到这里，皇

帝装出十分高兴的样子说："啊，这布料真是美极了，我

表示十二分的满意。"皇帝点头表示满意，他装出仔细

地看织机的样子，眼睛睁得大大的，众位大臣们也都仔

细地看了又看，可是他们与皇帝一样能看到什么呢？

不过，他们也都照着皇帝的话说着："真美丽，真精

 色 泽 满 意

伊索寓言

^{zhì} 致，^{zhēn shì hǎo jí le} 真是好极了！^{yī dìng yào yòng zhè me hǎo de bù liào zhì zuò yī tào zuì} 一定要用这么好的布料制作一套最

^{jīng měi de yī fú} 精美的衣服，^{zhè yàng huáng dì cái néng gèng yǒu qì pài gèng wēi fēng} 这样皇帝才能更有气派，更威风。^{dà chén} "大臣

^{men dōu zhè yàng jiàn yì} 们都这样建议。^{huáng dì tīng le hěn gāo xìng tā yào chuān shàng zhè tào xīn yī} 皇帝听了很高兴，他要穿上这套新衣

^{fú qù cān jiā kuài yào jǔ xíng de yóu xíng dà diǎn} 服去参加快要举行的游行大典。^{tā yào quán chéng de rén bù quán} 他要全城的人，不，全

^{guó de rén dōu kàn dào tā chuān shàng zhè tào xīn yī fú de fēng cǎi} 国的人都看到他穿上这套新衣服的风采。^{tā hái jiǎng lì zhè} 他还奖励这

^{liǎng gè rén} 两个人，^{cì gěi tā men jué shì tóu xián hé yī méi kě yǐ diào zài kòu dòng shàng de} 赐给他们爵士头衔和一枚可以吊在扣洞上的

^{xūn zhāng bìng fēng tā men wèi yù pìn zhī shī} 勋章，并封他们为"御聘织师"。

^{dì èr tiān yóu xíng dà diǎn jiù} 第二天，游行大典就

^{yào jǔ xíng le zài dāng tiān wǎn shàng} 要举行了。在当天晚上，

^{liǎng gè piàn zi zhěng yè wèi mián zài} 两个骗子整夜未眠，在

^{shí liù zhī là zhú de zhào yào xià} 十六支蜡烛的照耀下，

^{wèi huáng dì gǎn zhì xīn zhuāng zhǐ jiàn} 为皇帝赶制新装。只见

^{tā men zài zhī jī shàng xià máng lù zhe} 他们在织机上下忙碌着，

^{shēn shǒu cóng zhī jī shàng qǔ xià nà xiē shuí} 伸手从织机上取下那些谁

^{yě kàn bú dào de bù liào} 也看不到的布料，^{rán hòu yòng liǎng bǎ dà jiǎn dāo zài àn zi shàng cái le yī} 然后用两把大剪刀在案子上裁了一

^{jiàn} **建** ^{yì} **议**　　^{zhào} **照** ^{yào} **耀**

伊索寓言

阵。接着又用根本没有线的针缝了一通。最后，这两个

骗子齐声喊道：

"请看，新衣服

缝好了！"

皇帝在一群

大臣们的簇拥下

来了。这两个骗

子每人举起一只

手，好像他们在托

着一件十分珍贵的东西，大声地说："请看吧，这是裤

子，这是袍子，这是外衣，这衣服轻柔得如同蜘蛛网一

样，穿上它会觉得像是什么也没有穿一样，这正是我们

这衣服的妙处！现在请皇帝陛下脱下身上的衣服"，两

个骗子说，"我们要在这个大镜子前为陛下换上新装。"

皇帝把衣服全部脱光，两个骗子在皇帝的前前后

cù　　　yōng
簇　拥

zhēn　　　guì
珍　贵

伊索寓言

hòu máng le qǐ lái   tā men zhuāng zuò bǎ yī fú yī jiàn jiàn gěi huáng dì chuān shàng   xiān
后忙了起来。他们装做把衣服一件件给皇帝穿上，先

zài tā de yāo bù nòng le yī zhèn zi   hǎo xiàng shì jì shàng le yī jiàn shén me dōng xī
在他的腰部弄了一阵子，好像是系上了一件什么东西

sì de   zhè jiù shì hòu qún   huáng dì zài jìng zi qián zhuàn le zhuàn shēn zi   niǔ le jǐ
似的，这就是后裙。皇帝在镜子前转了转身子，扭了几

xià yāo   shàng dì   yī fú duō me hé shēn
下腰。"上帝，衣服多么合身

ā   shì yàng jiǎn cái de duō
啊，式样剪裁得多

me hǎo ā   rén men dōu
么好啊！"人们都

gēn zhe shuō dào   duō me
跟着说道，"多么

měi lì de huā wén   duō me
美丽的花纹！多么

xiān yàn de sè zé   zhè zhēn shì
鲜艳的色泽！这真是

yī tào fēi cháng guì zhòng de yī
一套非常贵重的衣

fú
服！"

wài miàn de huá gài yǐ jīng zhǔn bèi hǎo le   zhǐ děng bì xià chuān shàng xīn zhuāng
"外面的华盖已经准备好了，只等陛下穿上新装，

yóu xíng dà diǎn jiù kě yǐ kāi shǐ le   diǎn lǐ guān bào gào shuō
游行大典就可以开始了。"典礼官报告说。

hǎo   wǒ yǐ jīng bǎ xīn zhuāng chuān hǎo le   huáng dì shuō   zhè yī fú hé
"好，我已经把新装穿好了"，皇帝说，"这衣服合

wǒ de shēn ma   tā yòu zài jìng zi qián bǎ shēn zi zhuàn le yī xià   tā yào jiào dà
我的身吗？"他又在镜子前把身子转了一下，他要叫大

xiān   yàn   diǎn   lǐ
 鲜   艳   典   礼

伊索寓言

家看出他是在十分认真地欣赏自己的服装！

皇帝起身了，那些将要托着新装后裙的大臣们，都把手认真在地上捞了一下，就像真正拾起了衣裙。他们跟着皇帝开始走，手中托着空气，然而又不敢让人们看出他们实在什么东西也没有托着。

队伍来了，皇帝就在那顶华丽的华盖下面昂首挺胸地走着。站在街上和窗子里的人们都称赞说："皇帝的新衣真漂亮！他上衣下面的后裙是多么美丽！衣服剪裁得太合身了！"谁能不这么说呢？因为

伊索寓言

华 丽　　昂 首

伊索寓言

shuí yě bú yuàn yì ràng bié rén zhī dào zì jǐ shì yī gè yú
谁也不愿意让别人知道自己是一个愚
chǔn de rén   kě shì tā shén me dōu méi yǒu chuān
蠢的人。"可是他什么都没有穿
yā   yī gè xiǎo nán hái hǎn le chū lái
呀!"一个小男孩喊了出来。

shàng dì yō nǐ
"上帝哟,你
tīng zhè gè tiān zhēn de shēng
听这个天真的声
yīn   bà bà shuō   yú
音。"爸爸说。于
shì dà jiā bǎ zhè hái zi
是大家把这孩子
de huà sī xià dī shēng chuán
的话私下低声传
bō kāi lái   huáng dì bìng
播开来。"皇帝并
méi yǒu chuān shén me yī fú
没有穿什么衣服,
yī gè xiǎo hái zi shuō tā shén
一个小孩子说他什

me yī fú yě méi chuān
么衣服也没穿!"

tā què shí shén me yī fú dōu méi chuān ā   zuì hòu   suǒ yǒu de lǎo bǎi
"他确实什么衣服都没穿啊!"最后,所有的老百
xìng dōu zhè me shuō le   zhè shí huáng dì yǒu xiē fā dōu le tā sì hū jué de lǎo
姓都这么说了。这时,皇帝有些发抖了,他似乎觉得老
bǎi xìng jiǎng de huà shì duì de   bú guò huáng dì zì jǐ xīn lǐ què zhè yàng xiǎng   wǒ
百姓讲的话是对的。不过皇帝自己心里却这样想:"我

yuàn   yì
愿 意

fā   dǒu
发 抖

bì xū bǎ zhè yóu xíng dà diǎn jìn xíng wán bì
必须把这游行大典进行完毕"。

yīn cǐ tā bǎi chū yī fù gèng jiāo ào de shén
因此他摆出一副更骄傲的神

qíng tā de dà chén men zé yī sī bù gǒu de gēn zài tā de
情，他的大臣们则一丝不苟地跟在他的

hòu miàn shǒu zhōng tuō zhe yī gè gēn běn jiù bù cún zài de
后面，手中托着一个根本就不存在的

hòu qún
后裙。

dòng nǎo jīn
动脑筋

huáng dì chuānshàng xīn zhuāng le ma
皇帝穿上新装了吗？

xùn liàn
训 练

zài dāng tiān wǎn shàng liǎng gè piàn zi zài shí liù zhī
在当天晚上，两个骗子-------------，在十六支

là zhú de xià wèi huáng dì gǎn zhì xīn zhuāng
蜡烛的-------------下，为皇帝赶制新装。

伊索寓言

伊
索
寓
言

chuàng zào
创 造

原著：[古希腊]伊索

改编：于文

yǐ qián yǒu wèi nián qīng rén tā hěn xiǎng chéng wéi yī míng shī rén
以前有位年轻人，他很想成为一名诗人。

tā zhī dào xiě shī shì yī zhǒng chuàng zào dàn tā yòu bù
他知道写诗是一种创造，但他又不

qīng chǔ dào dǐ shén me shì chuàng zào
清楚到底什么是创造。

zěn yàng cái néng chéng wéi yī míng shī rén ne
怎样才能成为一名诗人呢？

zhè wèi nián qīng rén měi tiān zǒng shì zài xiǎng yā
这位年轻人每天总是在想呀

xiǎng jié guǒ dé le sī xiǎng bìng rén
想，结果得了"思想病"。人

men jiàn tā guài kě lián de jiù jiàn yì tā
们见他怪可怜的，就建议他

zhǎo wū pó zhì yī zhì
找巫婆治一治。

wū pó jiā de huán jìng hěn hǎo fáng zi shí fēn gān jìng jiù lián tā zhòng de
巫婆家的环境很好，房子十分干净，就连她种的

nà yī xiǎo kuài mǎ líng shǔ dì yě shōu shí de fēi cháng zhěng qí dì de páng biān yǒu yī
那一小块马铃薯地也收拾的非常整齐。地的旁边有一

chuàng zào zhěng qí
创 造 整 齐

条水沟，水沟的边上长着一棵
李子树。

巫婆问年轻人："年轻
人，我知道你为什么到我这
里来，如果你不肯坐下来
写一写，那你便永远也成
不了诗人！"

年轻人说："可是，所
有的诗都被别人写完了呀，
都怪我出生的时代不好，我
为什么不出生在古代呢！"

巫婆又说："年轻人，写诗与时代没有关系。现在
是一个很不错的时代，你看人们多么尊重诗人。关键
是你的看法如何，这里的一切都是可以写成诗的！"

年轻人说："你讲了这么多，还是没有讲清楚我怎

伊索寓言

zūn   zhòng
尊 重

qīng   chǔ
清 楚

样才能成为一个诗人。"

巫婆说:"好吧,我来帮帮你吧。我这里有一副眼镜和一对听筒,你戴上它们,就会有不同的看法了。"

巫婆拿出眼镜和听筒,让年轻人戴上,接着把他领到了马铃薯地里,巫婆拿起一个马铃薯给年轻人,对他说:"年轻人,它会为你唱一支歌。"

马铃薯的歌真好听,它唱着说:"我们是从很远的地方来的,开始,这里的人不认识我们,不知道我们有什么用,国王就命令官员把我们分配出去,

听 筒   分 配

伊索寓言

每家每户都分到了一大堆，说我们非常有价值。可是，他们谁也不知道怎样栽种我们。有人竟挖了一个大洞，把我们统统倒进了洞里；有的把我们这里埋一个，那里埋一个。他们以为我们会长成一棵很大的树，上面结满马铃薯。后来，我们的叶子枯萎了，什么也没有长出来。但他们谁也没有想到，在根部我们繁殖出了一大堆孩子，长出了人类最有价值的生命之果马铃薯。人们先是沮丧、失望，后来是激动和欢乐。生活就是这么一回事，我们受过苦，也经历过许多事，这是多么可歌可泣的故事啊！"年轻人听完，兴奋地说："这是个很不错的故事。"

伊索寓言

jià zhí　　　　jī dòng
价 值　　　　激 动

伊索寓言

巫婆又指向门前的那条大路说:"年轻人,你瞧瞧,走在大路上的人群,一堆跟着一堆,总是走个不停。"

年轻人看了看说:"天啊,这么多的人,这么多的故事,我不看了,我要回家了。"

巫婆马上阻止说:"如果你想成为一名诗人,你必须向前走,走到人群中去。用你的耳朵去听,用你的眼睛去看,这样你才能创作出动人心弦的诗来。可是,在你走之前,你必须把我的眼镜和听筒还给我!"

巫婆把这两件东西收了回去,年轻人有些焦急地说:"如果这样,我连最普通的东西也听不见了,我该怎

阻 止　　焦 急

么办呢？"巫婆说："这很容易，你当不了

诗人，可以去攻击诗人，这就可以挣

钱吃饭了。"年轻人高兴起来，他说：

"太好了，一个人能创造的东西真多！"

年轻人回去以后，开始攻击每

一位诗人，攻击他们的作品。年轻

人说："因为我自己成不了诗人，所

以我就打垮所有的诗人！"

动脑筋

年轻人想成为诗人得了什么病？

训练

巫婆说："我来帮帮你吧。我这里有一副眼

镜和----------，你戴上它们，就会有不同的看法了。"

伊索寓言

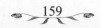

159

yī kē diào xià lái de xīng xing
一颗掉下来的星星

原著：[古希腊]伊索

改编：于文

一天，天黑后，外公和琼儿两人坐在屋外的台阶上看星星。四周静悄悄的。外公是一个很有趣的人，他说的事儿都很有趣。

"有一天，也是像今天的晚上，天上忽然掉下一颗星星来，落到咱们家这个院子里。"外公这样开始说他的故事。

琼儿忙问："这是真的吗？"

"当然是真的，那颗星星呼啦一声掉下来，看了看周围，说'哟，这是在什么地方呀？'"

yǒu qù
有 趣

hū rán
忽 然

"天上的星星都会说咱们这样的话吗？"琼儿问。

"我想是这样，那颗星星说的，我全听的懂呀。"

"我跟星星说：'你到我们家院子了。'星星问：'你这里是什么星球？'

我就说：'这里是地球。'""星星又怎么说呢？"琼儿问。"星星说，它不想来地球，它要回天上自己的家。""那你怎么办呢，外公？"琼儿问。

"我没来得及做什么。因为那星星看到了我那头老骡子。"外公说。"星星看见老骡子，就吓坏了吗？"琼儿问。

伊索寓言

xīng qiú
星 球

dì qiú
地 球

"星星在天上，什么没见过，它一点不怕骡子，它还问我：'这骡子跳得高吗？'我说：'前些年跳得高，不知现在还能跳多高。'星星说：'那我试试吧。'它一跃身，就跳上了骡背，对骡子喊了一声：'跳！'"外公说。"骡子跳了吗？"琼儿问。"跳啦，它跳得可高了，星星从骡子背上飞了出去，飞上了天，骡子也就回地上来了。"外公说。"骡子还好吗？"琼儿问。"有好几天，它像是在想什么心事，后来，就什么事也没有了。"外公说。

琼儿望望天空，问外公："你说的是哪颗星星？"

xiàn zài
现 在

tiān kōng
天 空

伊索寓言

wài gōng tái tóu wàng wàng tiān kōng shuō   yǐ qián   wǒ dào hái rèn dé de   xiàn
外公抬头望望天空,说:"以前,我倒还认得的,现

zài rèn bù chū lái le   nà luó zi yī dìng hái jì dé   qióng ér shuō   yīng gāi
在认不出来了。""那骡子一定还记得。"琼儿说。"应该

bā   luó zi néng rèn lù   yě yīng gāi jì zhù xīng xīng de yàng zi
吧。骡子能认路,也应该记住星星的样子。"

qióng ér huí dào wū lǐ   bǎ wài gōng
琼儿回到屋里,把外公

jiǎng de gù shì jiǎng gěi mā mā tīng   mā mā
讲的故事讲给妈妈听,妈妈

tīng guò hòu   hā hā dà xiào qǐ lái   yáo
听过后,哈哈大笑起来,摇

zhe tóu shuō   wài gōng hé qióng ér   zhēn
着头说:"外公和琼儿,真

shì tiān shēng yī duì huó bǎo bèi
是天生一对活宝贝!"

dòng nǎo jīn
动脑筋

qióng ér huí wū hòu   bǎ wài gōng jiǎng de gù shì yòu jiǎng gěi shuí tīng
琼儿回屋后,把外公讲的故事又讲给谁听?

xùn   liàn
训　练

tiān hēi hòu   hé   liǎng rén zuò zài wū wài de tái
天黑后,--------和----------两人坐在屋外的台

jiē shàng kàn xīng xīng
阶上看星星。

伊索寓言

责任编辑：张六斤
封面设计：于德洋
电脑制作：三文电脑工作室

《世界著名童话经典故事》

内蒙古少年儿童出版（通辽市霍林河大街 24 号）新华书店经销
责任编辑：张六斤　封面设计：于德洋
印刷者：山东省烟台市新华印刷厂印刷
开本 889×1194　1/24　印张：7
2002 年 11 月第一版　2002 年 11 月第一次印刷
ISBN 7-5312-0601-3/G·249　印数：1-5000
单册定价：19.80 元　全套定价：79.20 元